© 2017 Christine Klinger
Umschlag, Illustration: Christine Klinger
Lektorat, Korrektorat: Monika Künzi

Verlag: tredition GmbH, Hamburg

ISBN
Paperback   ISBN 978-3-7439-3771-0
Hardcover   ISBN 978-3-7439-3772-7
e-Book   ISBN 978-3-7439-3773-4

Printed in Germany

Christine Klinger

Nur ein Kuss

Zehn Kurzgeschichten
und eine Legende

Zur Autorin

Christine Klinger, 1972 geboren, ist im Zürcher Oberland aufgewachsen. Nach dem Besuch der Kantonsschule Zürcher Oberland studierte sie in Zürich Anglistik, Deutsche Literatur und Geschichte. Heute wohnt sie in Winterthur, arbeitet als Redakteurin und PR-Beraterin und schreibt in ihrer Freizeit literarische Texte. «Nur ein Kuss» ist ihr zweites Buch. 2016 publizierte sie gemeinsam mit Brinja Goltz den literarischen Adventskalender «Zirpende Weihnacht» (Verlag tredition).

Vorwort

«Nur ein Kuss» – welch inspirierende Worte! Sie wurden 1987 bei Nacht und Nebel an eine Aussenwand der Kantonsschule Zürcher Oberland (KZO) gesprayt. Die damalige Schulleitung reagierte souverän und mutig; schliesslich stand der Ruf der Schule auf dem Spiel. Sie liess das Graffito stehen. Seitdem ist «Nur ein Kuss» gewissermassen zum Leitspruch der Schule geworden. Bald schon erschien auch die Schülerzeitung unter dem Namen «Kuss».

Niemand wusste damals, wer die Worte «Nur ein Kuss» an die Mauer des Liftturms gesprayt hatte. Natürlich gab es Gerüchte über wild knutschende Paare, Putzfrauen und Schulverweise. Doch mit den Jahren wuchs Gras über die Sache und Efeu über das Graffito. Den Efeu schnitt man 2013 nach langen Diskussionen zurück, um den Schriftzug wieder freizulegen. Das verblasste Graffito ist heute noch erkennbar. Doch auch 30 Jahre später ist und bleibt die Geschichte um seine Entstehung eine Legende.

Eine Legende, die mich als ehemalige Schülerin der KZO nie ganz losgelassen und nach all der Zeit wieder inspiriert hat. Vor zwei Jahren schrieb ich für einen Literaturwettbewerb die Kurzgeschichte «Der grosse Streit». Ich hatte Lust, die Geschichte zu publizieren. Da eine einzelne Geschichte jedoch noch kein Buch macht, begann ich damit, weitere Texte zu schreiben. Es muss die Prägung meiner Schuljahre an der KZO sein, die mich dazu brachte, den Kuss zum verbindenden Motiv meiner Geschichten zu machen. Obwohl es in meinen Texten nicht immer nur bei einem Kuss bleibt, schien mir «Nur ein Kuss» der ideale Titel für diesen Band. Das Graffito hat vom Wortlaut her etwas Unschuldiges und Harmloses, seine Entstehung aber war dreist und provokativ. Ähnlich verhält es sich mit meinen Geschichten. Nicht selten lauern hinter einer harmlosen Fassade die Abgründe menschlicher Beziehungen.

Bei einem Kurzgeschichtenband mit dem Titel «Nur ein Kuss» drängte sich mir zu den zehn frei erfundenen Kurzgeschichten auch die Legende des Graffitos an der KZO auf. Meine Geschichte «Nur ein Kuss» basiert auf wahren Begebenheiten und die Personen existieren zum Teil wirklich. Ich habe deren Namen geändert, aber trotzdem versucht, wo nötig, so nah als möglich an den Fakten zu bleiben. Alles andere ist pure Fabulierlust und dient, so hoffe ich, Ihrem Lesevergnügen.

Christine Klinger

Inhaltsverzeichnis

Der grosse Streit

Im Grunde ist die Aufgabenteilung in der Mundhöhle klar, denn sie unterliegt den Gesetzmässigkeiten der Natur. Beim Atmen, Sprechen, Schmecken, Kauen und Schlucken, ja selbst beim Erbrechen ist allgemein bekannt, wer was zu tun hat. Doch ein kleines Organ im hinteren Gaumen hinterfragte die Gesetzmässigkeiten in einem Punkt, nämlich dem, wer das «R» artikulieren sollte. Das Gaumenzäpfchen behauptete, dass das «R» nicht zwingend am vorderen Gaumen von der Zunge gerollt werden musste, sondern ebenso gut durch seine Vibration als Zäpfchen-«R» im hinteren Gaumen gebildet werden konnte. Es könne diese Aufgabe daher genauso ausüben wie die Zunge, verkündete das kleine Gaumenzäpfchen kämpferisch und verbreitete diese Behauptung vom Rachen bis zu den Lippen.

Als die Zunge, müde vom Tagewerk, von des Gaumenzäpfchens Behauptung erfuhr, war sie über die Frechheit des kleinen Nichtsnutzes im hinteren Gaumen empört. Was fiel diesem lächerlichen Zwerg überhaupt ein? Was wusste das Gaumenzäpfchen schon vom wahren Leben? Die Zunge schnalzte spöttisch. Täglich schmeckte sie zahlreiche Geschmacksrichtungen ab, schob mehrere Dutzend Mal halb zerkaute Bissen hin und her, ganz zu schweigen von all den Lauten, die sie tagtäglich artikulierte, sei das durch einzelne Plosive an Gaumen und Zähnen oder durch Reibung und Vibrationen. Das alles erforderte Know-how, Präzision, Disziplin und Ausdauer – Eigenschaften, für die das Gaumenzäpfchen alles andere als bekannt war. Vielmehr hatte es den Ruf, ohne Sinn und Zweck zwischen den Mandeln zu baumeln und gedankenlos in den Tag hineinzuleben. Was die Zunge besonders ärgerte, war, dass ihr das «R» von allen Lauten am liebsten war. Ganz ehrlich gesagt, empfand sie die Vibration bei der Artikulation des «R» als ausgesprochen lustvoll. Und nun wollte ihr das Gaumenzäpfchen ausgerechnet diesen Laut streitig machen! Aber im Grunde, so beruhigte sich die Zunge, hatte sie nichts zu befürchten, denn ihre Position in der Mundhöhle war so stark, dass ihr niemand zu widersprechen wagte. Die Organe in der Mundhöhle zollten ihr Respekt.

Doch das Gaumenzäpfchen wollte das «R» unbedingt artikulieren, und zwar mit gutem Grund. Oft genug war es wegen seines Aussehens der Lächerlichkeit preisgegeben. Besonders bei Erkältungen, denn dann entzündete es sich leicht, wurde rot und schwoll an. Das allein ginge ja noch, aber neulich hatte es gehört, wie die Zunge zum Gaumensegel sagte, das Gaumenzäpfchen brauche es im Grunde überhaupt nicht. Es mache und könne ja nichts ausser ein paar Kratzlaute produzieren, die in seltenen Wörtern wie «ach», «Dach» und «Krach» ausgesprochen würden. Das Gaumenzäpfchen war in der Mundhöhle als Arbeitskraft allgemein mehr geduldet als erwünscht, aber das ging nun doch zu weit. Was glaubte diese eingebildete alte Vettel eigentlich, wer sie war? Der würde es das Gaumenzäpfchen zeigen! Es war überzeugt, dass es mit all dem Spott und der Geringschätzung ein für alle Mal vorbei wäre, wenn es anstelle der Zunge das «R» aussprechen könnte. Ganz abgesehen davon jammerte die humorlose, fette Zunge ständig, sie hätte viel zu viel an der Backe. Sollte sie doch dankbar sein, wenn ihr jemand einen Teil der Arbeit abnehmen wollte.

Auch wenn sie es als Arbeitskraft nicht sonderlich respektierten, so mochten die Organe in der Mundhöhle das Gaumenzäpfchen gern, denn es war stets fröhlich und hilfsbereit. Vor allem die Organe in der hinteren Mundhöhle hatten viel zu lachen, während im vorderen Bereich ernst und verbissen malocht wurde. Die Mandeln standen dem Gaumenzäpfchen nicht nur räumlich besonders nahe, denn auch sie galten bei vielen Organen als überflüssig. So war zwischen den Mandeln und dem Gaumenzäpfchen mit den Jahren eine Freundschaft entstanden, die sich die herrische Zunge in der vorderen Mundhöhle noch nicht einmal in ihren kühnsten Träumen vorstellen konnte.

Und weil Freunde füreinander nur das Beste wollen, berieten die Mandeln mit dem Gaumenzäpfchen, was zu tun sei, damit es in Zukunft das

«R» artikulieren konnte. «Ich habe eine Idee», sagte die linke Mandel. «Wir lassen den Speichel auslaufen. Dann ist die Zunge so ausgetrocknet, dass sie nur noch machtlos am Gaumen klebt!» Zum Gaumenzäpfchen gewandt erklärte sie: «Das ist dann deine Chance, das ‹R› zu artikulieren.» «Aber wie willst du das anstellen?», entgegnete die rechte Mandel. «Ganz einfach: Wir erteilen den Lippen den Auftrag, sich zu teilen, und der Speichel soll ausfliessen», meinte die linke Mandel. Das Gaumenzäpfchen war von dieser Idee begeistert. Es schritt sogleich zur Tat und beauftragte den Speichel via Atemluft damit, auszulaufen. Vorher sandte es einen Befehl in Form eines heftigen Niesens an die Lippen, dass sie sich teilen sollten. Die Lippen wunderten sich etwas über diesen Auftrag vom Gaumenzäpfchen, doch taten sie, wie ihnen geheissen, denn sie wollten dem lustigen Zäpfchen gerne einen Dienst erweisen.

Die Lippen teilten sich, sodass der Speichel restlos aus der Mundhöhle ausfliessen konnte. Es schien eine halbe Ewigkeit zu dauern, bis alles ausgelaufen war. In der Mundhöhle munkelte man, man habe draussen mehr als nur ein Wischtuch gebraucht, um den ganzen Speichel aufzuwischen. Ja, eine ganze Wischtuch-Rolle sei dafür nötig gewesen. Wie die Mandeln und das Gaumenzäpfchen vorausahnend geplant hatten, klebte die trockene Zunge machtlos am Gaumen oben fest. Was die drei jedoch nicht bedacht hatten, war, dass die

Zunge dadurch den Luftstrom zum Gaumenzäpfchen blockierte. So sehr es sich auch anstrengte, das Gaumenzäpfchen brachte kein «R» zustande, denn ohne Atemluft kam es nicht zum Vibrieren. Ausserdem wurde es in der Mundhöhle mangels Speichel unangenehm. Ein fauliger Gestank stieg von den Zähnen auf, unter der Zunge sammelten sich Speisereste und aus dem Rachen kamen unablässige Räusperlaute. Schliesslich musste sich das Gaumenzäpfchen eingestehen, dass die Aktion gescheitert war. Enttäuscht gab es den Speicheldrüsen das Kommando, wieder zu produzieren.

Das Gaumenzäpfchen und die Mandeln hielten erneut Kriegsrat. Als Nächstes beauftragten sie die Viren, die Zungenspitze zu infizieren und dort grosse, fette Aphten spriessen zu lassen. Die Viren, die dem Gaumenzäpfchen von Berufes wegen das Leben sonst oft schwer machen mussten, freuten sich, ihm für einmal einen Dienst zu erweisen. Sie leisteten ganze Arbeit, die Aphten gediehen prächtig und die Zunge hatte immer mehr Mühe beim Hin- und Herschieben der Speisen und beim Erzeugen der Laute. Doch pflichtbewusst und zäh, wie sie war, artikulierte sie verbissen weiter. Das Gaumenzäpfchen musste sich schliesslich eingestehen, dass auch diese Aktion gescheitert war, und so erteilte es den Aphten nach ein paar Tagen das Kommando zum Rückzug.

Das Gaumenzäpfchen war inzwischen richtig niedergeschlagen. Würde es denn sein Ziel nie erreichen? In seiner Not bat es schliesslich die Zähne, auf die Zunge zu beissen. Die Zähne hatten Skrupel: Jemanden zu verletzen, war kein Spass, auch wenn dieser jemand die humorlose, fette Zunge war. Andererseits konnten sie den innigen Wunsch des Gaumenzäpfchens, das «R» zu artikulieren, gut verstehen. Es tat ihnen leid zu sehen, wie bedrückt und verzweifelt das sonst so lustige Zäpfchen deswegen war. Nach langem Hin und Her willigten sie schliesslich ein. Sie begaben sich in Position. «Eins, zwei, drei!», zählte das Gaumenzäpfchen und die Zähne gruben sich mit aller Kraft in die Zunge. Das System reagierte sofort. Die Stimmbänder schickten einen Schmerzensschrei los und aus der Zunge quoll dunkelrotes Blut. Sie zuckte und blieb regungslos in der Mundhöhle liegen, ganz taub vor Schmerz. Auf diese Weise brutal ausser Gefecht gesetzt, war die Zunge nicht mehr in der Lage zu artikulieren. Die Laute, die fortan die Mundhöhle verliessen, waren eine akustische Zumutung. Die grosse Ausnahme war das «R»: Freudig sprang das Gaumenzäpfchen ein und vibrierte, als ginge es um sein Leben. Noch nie hatte man so schöne «R» gehört wie vom Zäpfchen im hinteren Gaumen. Lang und gleichmässig waren sie. Die Zunge lag schachmatt da und lauschte. Sie musste zugeben, dass das Gaumenzäpfchen ganze Arbeit leistete.

Während die Zunge ihre Verletzungen auskurierte, hatte sie viel Zeit zum Nachdenken. Sie war ein Arbeitstier und es fiel ihr schwer, nichts zu tun. Die Attacken des Gaumenzäpfchens hatten ihr mehr zugesetzt, als sie sich bisher eingestanden hatte. Es war nicht der körperliche Schmerz; den hätte die Zunge verkraftet. Was aber an ihr nagte, war, dass sich zahlreiche Organe in der Mundhöhle mit dem Gaumenzäpfchen gegen sie verbündet hatten. Das schmerzte die Zunge. Warum waren alle so fies zu ihr? Nie hatte sie jemandem etwas zuleide getan, sondern nur immer ihre Pflicht erfüllt. Nun gut, sie hatte auch noch nie jemandem etwas zuliebe getan. Aber wozu sollte sie? Ihr wurde schliesslich auch nichts geschenkt im Leben. Sie hatte schon immer hart gearbeitet. Das hatte ihr auch die Stellung eingebracht, die sie jetzt in der Mundhöhle innehatte. Aber war das wirklich so wichtig? Was nützte ihr das, wenn sie alt oder, wie jetzt, krank war?

Als die Zunge während ihrer Krankheit den anderen Organen zuschaute und lauschte, stellte sie fest, wie wenig sie bisher vom Leben in der Mundhöhle mitbekommen hatte. So fiel ihr zum ersten Mal auf, dass der Speichel und die Zähne unverblümt miteinander schäkerten. Aus der hinteren Mundhöhle kam bei jedem Niesen ein Gelächter und Gejohle. Auch stellte sie fest, dass eine Geschmacksknospe am Gaumensegel eine funktionale Störung hatte, die von einer Kollegin selbstlos und liebevoll ausgeglichen wurde. War das wirklich der gleiche Ort, in dem die Zunge lebte und arbeitete? Bisher hatte sie die Mundhöhle nur als Haifischbecken wahrgenommen, in dem es um das nackte Überleben und das bare Funktionieren ging. Doch nun offenbarte sich ihr eine ganz andere Welt. Was, wenn auch sie sich mal einen Spass, einen Schwatz oder eine Pause gönnen würde? Was, wenn sie auch einmal freiwillig einem anderen Organ etwas helfen könnte? Doch wie sollte sie das anstellen? Dafür hatte sie doch viel zu viel zu tun. Da fiel es der Zunge wie Schuppen von den Augen: Sie konnte sich entlasten, indem sie das «R» dem Gaumenzäpfchen überliess. Warum war sie nicht schon längst selbst auf diese Idee gekommen? Zwar müsste sie dann auf die lustvolle Vibration beim Artikulieren des rollenden Lauts verzichten, aber vielleicht gab es ja andere Möglichkeiten, mehr Freude in ihr Leben zu lassen? Je länger sie darüber nachdachte, desto besser gefiel der Zunge der Gedanke. Nein, sie würde dem Gaumenzäpfchen das «R» nicht mehr streitig machen.

Langsam genas die Zunge und begann wieder Laute zu artikulieren. Auf das «R» erhob sie keinen Anspruch mehr. Das Gaumenzäpfchen wunderte sich darüber. Anfangs hatte es noch jederzeit mit einer gewaltsamen Übernahme des «R» durch die Zunge gerechnet. Doch je länger nichts passierte, desto klarer wurde, dass die Zunge kapituliert hatte. Das Gaumenzäpfchen fragte nicht lange nach dem

Warum, sondern freute sich ganz einfach über seine neue Aufgabe. Auch den anderen Organen in der Mundhöhle war aufgefallen, dass das «R» immer noch vom Gaumenzäpfchen artikuliert wurde, obwohl die Zunge längst wieder gesund war. Zudem stellten sie fest, dass die Zunge sich neuerdings ab und zu kleine Pausen gönnte, hie und da auch für einen kleinen Schwatz zu haben war oder über etwas mitlachte. Nach und nach veränderte sich ihre Meinung über die Zunge. Insbesondere die Zähne fragten sich, ob sie wohl der Zunge gegenüber zu hart vorgegangen waren. Hatten sie sie vielleicht falsch eingeschätzt? War sie etwa gar nicht so machtgierig und gefühllos, wie sie gedacht hatten? Schliesslich beschlossen die Zähne, sich bei der Zunge für ihren Angriff zu entschuldigen. Als sie ihre Absicht in der Mundhöhle verbreiteten, schlossen sich auch die Mandeln, der Speichel, die Lippen und die Viren an. Das Gaumenzäpfchen fand das zwar nicht unbedingt nötig, doch es wollte seine Freunde nicht im Stich lassen und ging ebenfalls mit. Als ihren Wortführer wählten sie den oberen linken Eckzahn.

Als die reuigen Organe der Zunge ihre Entschuldigung darbrachten, reagierte diese zum Erstaunen des Gaumenzäpfchens freundlich und überhaupt nicht überheblich: «Danke, ich freue mich über eure Entschuldigung. Sie tut mir gut und ich nehme sie gerne an. Im Grunde aber muss ich mich bei euch bedanken.» Die Zunge machte eine

Pause, und die Organe sahen sich überrascht an. Was wohl jetzt kommen würde? «Ihr habt mir mit euren Angriffen im Grunde einen grossen Gefallen getan», sprach die Zunge weiter, «denn ihr habt mir die Augen geöffnet. Dank euch habe ich erkannt, dass es im Leben nicht nur darauf ankommt, etwas zu leisten und zu funktionieren. Wer sich auch einmal eine Freude gönnt, anderen hilft und an ihrem Leben teilhat, lebt besser. Und wer Freunde hat» – die Zunge machte eine Pause und schaute zum Gaumenzäpfchen – «erreicht auch seine Ziele.» Und dann lobte die Zunge sogar das «R» des Gaumenzäpfchens. Das errötete, diesmal nicht, weil es entzündet war. «Liebe Zunge, wir waren unmöglich», konnte nun auch es einräumen. «Können wir das wieder geradebiegen? Hast du vielleicht einen Wunsch?» Die Zunge überlegte lange, dann wurde sie ebenfalls rot und begann zu stottern: «Also, wenn ihr könntet, dann würde ich ... dann möchte ich ... dann wäre es sehr schön, wenn ...» Die Zunge brach ab. Erst als sie der obere linke Eckzahn nochmals ermutigte, sagte sie so leise, dass man sie kaum hören konnte: «Ich würde gerne wieder einmal küssen.»

Die Organe in der Mundhöhle applaudierten spontan. Was für eine fantastische Idee! Und die kam ausgerechnet von der Zunge, oh lala! Viel zu lange war es her seit dem letzten Kuss. Ein Kuss war ein Fest für die ganze Mundhöhle. Ein Kuss war befreiend, weckte die Lebensgeister und berauschte die Sinne. Kurz: Ein Kuss war besser als Ostern, Weihnachten und der ganze Urlaub eines Jahres zusammen. Sogleich setzten die Organe einen Brief an das System auf, in dem sie ausdrücklich einen Kuss wünschten. Der Brief wurde von allen unterzeichnet und per Express an die Zentrale geschickt.

Und so kam es in der Mundhöhle kurz darauf zu einem innigen Kuss. Details seien hier aus Gründen der Sittlichkeit keine erwähnt. Doch es war ein Kuss, von dem die Organe in der Mundhöhle noch lange erzählten. Der Kuss war auch der Beginn einer herzlichen Freundschaft zwischen dem Gaumenzäpfchen und der Zunge, die sich von da an respektierten und sich nicht nur bei der Artikulation des «R» gut ergänzten.

Selfie auf der Brücke

Felix und seine Freundin Claudia sassen frisch eingecremt mit Sonnenbrille, -hut und Rucksack im Postauto. Es sollte sie von Locarno nach Mergoscia bringen. Das Postauto war schon ziemlich voll. An der Haltestelle Muralto Bellavista stieg eine Frau mittleren Alters ein. Sie löste beim Fahrer ein Ticket und suchte sich dann mit den Augen einen Platz im Bus. Der vordere Gang war von drei Leuten versperrt, die mit ihrem Gepäck für das Osterwochenende auch den ganzen Boden belegten, doch im hinteren Teil des Busses waren noch mehrere Plätze frei. Das sah die Frau und bat die Leute, die den Gang versperrten, höflich, sie vorbeizulassen. Widerwillig und betont langsam zog die Erste ihre Tasche ein wenig zur Seite und machte einen halben Schritt nach hinten. Die Zweite, die sich an der Stange mit dem Entwertungsautomaten festhielt, blieb einfach stehen. «Da ist kein Platz», sagte sie zu der Frau. Für einen Augenblick sah es so aus, als würde sich die Mittvierzigerin unter dem Arm, der ihr im Weg stand, hindurchducken. «Doch doch, da ist noch Platz», sagte sie stattdessen und durchbohrte die Frau, die ihr den Weg versperrte, mit ihrem Blick. Endlich liess diese ihren Arm sinken, machte aber keine Anstalten, zur Seite zu rücken. Offensichtlich genervt, drückte sich die Mittvierzigerin an ihr vorbei und setzte sich leise fluchend auf einen der fünf freien Plätze im hinteren Teil des Postautos.

«Schau, wie schön!» Claudia, die von all dem nichts mitbekommen hatte, stiess Felix in die Rippen und zeigte auf einen riesigen Kamelienstrauch am Strassenrand. Er nickte und wandte seine Aufmerksamkeit nun auch wieder der Landschaft zu. Das Postauto schraubte sich die engen Serpentinen hoch. Die prächtigen Privatgärten von Orselina und Brione mit ihren Palmen, Glyzinien, Azaleen und Kamelien wichen langsam den Kastanien- und Buchenwäldern. Der Lago Maggiore lag nun hinter ihnen. Das Postauto fuhr durch einen langen Tunnel, ehe es den letzten Anstieg nach Mergoscia in Angriff nahm. Einmal mehr bewunderte Felix die Fahrkunst der Postautochauffeure. Ruhig und konzentriert lenkten sie die für solch enge Strässchen überdimensionierten Busse sicher nach oben. So schien sich auch dieser Chauffeur durch nichts aus der Ruhe bringen zu lassen. Auf dem Kirchplatz von Mergoscia standen die Passagiere sofort auf und wollten aussteigen. Doch der Chauffeur dachte noch nicht daran, die Türen zu öffnen. Stattdessen legte er den Rückwärtsgang ein und manövrierte das Postauto unbeirrt vorbei an einer Vespa und drei wild geparkten Autos, um sich für die Abfahrt in Position zu bringen. Dann öffneten sich zischend die Türen, und die Wandertouristen drängten sofort hinaus.

Felix hatte den Rucksack geschultert. Claudia strahlte ihn an: «Ist es nicht herrlich hier?» Ihr Blick wanderte ins Tal. Er nickte und gab ihr ein Küsschen: «Wunderbar.» Sein Blick blieb an einer grossen Wanderkarte hängen, die bei der Postautohaltestelle hing. Zwei ältere Pärchen sahen sich die Tafel mit der Übersicht der Wanderrouten an. Die Mittvierzigerin stellte sich daneben und schaute ebenfalls auf die Karte. Einer der Männer grunzte missbilligend und wandte ihr den Rücken zu, als ob sie ihm etwas weggucken würde. Etwa ein Dutzend Wanderer hatte bereits den Aufstieg ins Dorf in Angriff genommen. Dann wandte auch Felix den Blick ins Tal. Mergoscia lag auf einer Sonnenterrasse. Weit unter ihnen glitzerte der Stausee. Der Wasserspiegel war tief, sodass sich die steile Uferböschung wie ein heller Rahmen um die fast schwarze Wasserfläche legte. Soweit das Auge reichte, sah man die bewaldeten Hänge der umliegenden Gipfel des Monte Lego, der Monti della Gana, Monti di Motti und Co. In der Ferne lag der tiefblaue Lago Maggiore.

Die Wanderung nach Lavertezzo war mit zweieinhalb Stunden Gehzeit angegeben. Langsam stiegen Claudia und Felix ins Dorf hoch. Die Szenerie machte jedem Kalenderbild Konkurrenz. Im Vordergrund lag das Dorf Mergoscia an den steilen Hang gebettet. Im Hintergund erhob sich der Pizzo di Vogorno, dessen Gipfel immer noch verschneit war. Über allem wölbte sich ein stahlblauer Himmel. Schmale Gassen mit unzähligen Stufen führten an den Rustici vorbei. Da und dort waren hölzerne Balkone angebaut, auf denen Maiskolben an der Sonne trockneten. Hühner gackerten und Eidechsen huschten auf den warmen Steinplatten davon, als Claudia und Felix des Weges kamen. Über allem hing der schwere Blütenduft der Glyzinien. Ein alter Mann rumpelte im Zeitlupentempo mit einer motorisierten Karre voller Brennholz den schmalen Treppenweg hinab. Die Wanderer machten geduldig Platz und grüssten freundlich: «Buongiorno!» Der Karfreitag war im Tessin kein Feiertag. Als Felix und Claudia das Dorf verliessen und zwischen grossen Steinbrocken durch die steilen Matten gingen, hörten sie die Grillen zirpen. Es war schon warm und zum Glück tauchte der Weg bald in den Wald ein. Die Kastanien trugen zwar noch kein Laub, doch an den Buchen sprossen schon hellgrüne Blätter und spendeten genug Schatten für diese Jahreszeit. Beim Aufstieg nach Coripo kamen die beiden dennoch ins Schwitzen. Im Dorf angekommen, packte Felix die Trinkflasche aus. «Willst du einen Schluck?» Claudia nickte dankbar.

Von Coripo führte der Wanderweg auf der Autostrasse hinunter zur Verzasca. Je näher Claudia und Felix dem Ort Lavertezzo kamen, desto mehr Leute waren unterwegs. Eine Gruppe Jugendlicher kam ihnen entgegen. Der Vorderste trug eine Plastiktüte mit Brennholz. Einer hatte ein Handy in der Hosentasche, aus dem laute Musik scherbelte. Sie gingen schnell auf dem schmalen Weg und machten keine Anstalten auszuweichen. Claudia und Felix traten zur Seite. An der Verzasca sassen ganze Familien-Clans auf den grossen Gesteinsformationen, zwischen denen sich das kristallklare grüne Wasser seinen Weg suchte. Die Farbe dieses quirligen, spritzigen Wassers war so anziehend, dass wohl mancher Nichtschwimmer näher heranging, als für ihn gut war. Auch Claudia und Felix waren fasziniert. Sie fanden einen freien hellgrauen Gneisbrocken, kletterten hoch und schauten lange aufs Wasser. Felix packte die Brote aus und für eine Weile vergassen sie ganz die Zeit. Erst als die Sonne hinter einem der steilen Hänge verschwand, schaute Felix auf die Uhr. Es war Zeit, sich auf den Weg auf die andere Seite zu machen. Kurz vor 17 Uhr fuhr das Postauto ab Lavertezzo. Der Weg führte über die berühmte Ponte dei Salti, eine schmale Steinbogenbrücke aus der Römerzeit. Sie war an diesem Karfreitag gut begangen. Nicht nur von Claudias und Felix' Seite, sondern auch von Lavertezzo her.

Als Claudia und Felix in der Mitte der Brücke ankamen, drehte sich Claudia zu Felix um. «Lass uns hier ein Selfie machen: ‹Der Kuss auf der Brücke›.» Felix lächelte sie an. «O.k.». Er nestelte an der Tasche seiner Trekking-Hose und kramte sein Smartphone hervor. Dann legte er seinen Arm um Claudia und sie lächelten in den Bildschirm. «Ich seh gar nichts, bei diesem hellen Licht», meinte

Felix mit zugekniffenen Augen. «Nicht in diese Richtung, da rüber, zum Dorf!», sagte Claudia. Sie drehten sich auf der schmalen Brücke. Zwei Kinder zwängten sich an ihnen vorbei. Wieder legte Felix den Arm um Claudia und brachte das Handy in die richtige Position. Nun wandte er sein Gesicht zu Claudia und küsste sie. Im gleichen Moment legte er den Finger auf das Display, in der Hoffnung, den Auslöser zu erwischen. «Bellissimo», hörte er eine Frauenstimme hinter sich. Felix merkte, wie er errötete. Plötzlich wurde er sich der vielen Menschen um sie herum bewusst. Er und Claudia hatten mit ihrer Selfie-Aktion die ganze Brücke gestaut. «Zeig mal», sagte Claudia und beugte sich über das Handy. «Hallo!», rief eine ungeduldige Stimme auf der Lavertezzo-Seite. «Könnt ihr eure Facebook-Meldungen vielleicht woanders lesen? Ihr seid hier nicht die Einzigen!» «Du hast gar nicht abgedrückt!», tadelte Claudia. «Komm, nochmals von vorne!» Sie brachten sich in Position, Felix hielt das Handy im richtigen Winkel, sie küssten sich und Felix drückte ab. «Macht endlich Platz!», ertönte wieder die Stimme auf der Lavertezzo-Seite; sie gehörte einem Mann. Claudia und Felix schauten auf das Display. «Du hast unsere Köpfe abgeschnitten!», rief Claudia. «Mist», brummte Felix. Er schaute über Claudia hinweg auf all die Leute, die ungeduldig darauf warteten, bis sie passieren konnten. «Komm, wir lassen es bleiben, wir stauen hier die ganze Brücke.» «Verdammt noch mal, seid ihr schwerhörig, macht die Brücke frei!», brüllte nun der Mann auf der Lavertezzo-Seite. Ein paar Leute stimmten ein: «Ja, macht endlich vorwärts, wir wollen auch mal rüber!» «Nur noch einmal», bettelte Claudia, «gib mir das Handy.» «Also gut.» Felix versuchte, die Menschen um sich zu vergessen, und zum dritten Mal küssten er und Claudia sich und Claudia drückte ab. Aus den Augenwinkeln sah Felix, wie sich ein grosser, bulliger Mann auf der Lavertezzo-Seite grob einen Weg durch die wartenden Menschen boxte. Die Leute, die er wegschob, protestierten laut: «He, gehts noch! Wir warten auch!» «So, mal sehen, wie es dieses Mal geworden ist», sagte Claudia und öffnete die App mit den Fotos. «Lass uns das anschauen, wenn wir drüben sind», flehte Felix, dem die Situation nicht mehr geheuer war. Der wütende Mann kam immer näher. Die Leute fluchten: «He, nicht so grob!» Claudia schaute auf das Display. «Jetzt ist alles drauf, aber du wirkst ziemlich angespannt …» Weiter kam sie nicht. Der wütende Mann war bis zu ihnen vorgedrungen, grapschte wutentbrannt nach dem Handy in Claudias Hand und warf es in hohem Bogen in die Verzasca.

Für einen Moment war es totenstill auf der Brücke. Dann brüllte Felix den Mann an: «Was fällt Ihnen ein, Sie Idiot!» Statt einer Antwort schlug der Mann Felix die Faust mitten ins Gesicht. Felix stolperte und ging zu Boden. Dabei schlug er mit dem Steissbein am Mäuerchen der Brücke auf. Er stöhnte vor Schmerz. «Felix!» Entsetzt beugte sich Claudia über ihn. «Geschieht ihm recht!», rief der Schläger. Wütend drehte sich Claudia um und funkelte den Mann an: «Um Himmels willen, sind Sie verrückt geworden?» Der Mann machte einen drohenden Schritt auf sie zu. Felix versuchte, sich aufzurappeln, um ihr zu helfen. Da griff ein Mann von hinten nach dem Arm des wütenden Mannes. «Nur ruhig!», versuchte er ihn zu besänftigen. Doch das provozierte den Schläger nur noch mehr. Ungläubig schaute Felix zu, wie er den Mann packte und über das niedrige Brückenmäuerchen stiess, sodass dieser mit einem Schrei im eiskalten Fluss landete. Die Leute auf der Brücke schrien auf. Ein Kind weinte laut. Es herrschte ein Tumult. Wer konnte, rettete sich an eines der Ufer. Der Schläger keuchte und starrte auf die Menge. Dann wandte er sich wieder Claudia und Felix zu. Claudia zitterte vor Angst. «Was guckst du so, du Schlampe!», schrie er sie an. «Jetzt macht endlich Platz!» Er fixierte die beiden und senkte seinen Kopf, wie ein Stier vor dem Torero. Wie in Zeitlupe sah Felix, wie der Mann in dem Moment, in dem er Anlauf holte, von hinten gepackt wurde. Drei australische Touristen, schwere Jungs, hatten sich ein Herz gefasst und waren Claudia und Felix zu Hilfe geeilt. Nach einem kurzen Handgemenge schafften sie es, den Schläger zu Boden zu werfen. Einer kniete rittlings auf seinem Hintern und drehte ihm die Arme auf den Rücken. Ein anderer hielt seine Beine fest. Der

Schläger fluchte und zuckte noch eine Weile. «There now, calm down, mate!», sagte einer der Aussies. Dann lag der Schläger ruhig da. Er hatte aufgegeben. Der Spuk war vorbei.

Claudia klammerte sich schluchzend an Felix. Seine Nase tat höllisch weh. «Thank you!», rief er den Australiern zu. «No worries, mate!», gab derjenige, der die Beine des Schlägers festhielt, zurück. Langsam kam wieder Bewegung in die Leute, die alle wie gebannt auf die Szene geschaut hatten. Ein Wildwasserkanute hatte den Mann, der über die Brücke gestossen worden war, aus dem Wasser gezogen. Er musste schwer unterkühlt sein, dachte Felix. Eine Gruppe von Touristen versammelte sich um ihn herum. Die Besitzer des Souvenir- und Eisladens waren mit einer Decke herbeigeeilt und brachten ihm heissen Tee. Jemand kam zur Brücke und rief den Australiern, Felix und Claudia zu: «Die Polizei kommt bald!» Es dauerte noch eine Weile, bis Angehörige der Polizia intercomunale del Piano mit Sitz in Gordola in Lavertezzo eintrafen. Die Australier hatten schon angefangen, sich Witze zu erzählen. Claudia versuchte, Felix' Nase mit der Trinkflasche, die sie aus dem Rucksack geholt hatte, zu kühlen. Die Polizisten traten auf die Brücke und nahmen den Schläger fest. Er leistete keinen Widerstand mehr. Auch die Australier, Claudia und Felix wurden aufgefordert, der Polizei zu folgen. Als sie in die Polizeiautos gestiegen waren, löste sich die Menschenmenge bei der Brücke langsam auf.

Den Rest des Tages verbrachten Felix und Claudia beim Arzt und auf der Polizeiwache. Felix hatte sich das Nasenbein gebrochen. Sein Gesicht war zugeschwollen. Die Schmerzen am Steissbein würden ihn noch lange begleiten. Claudia war mit dem Schrecken und ein paar blauen Flecken davongekommen. Auf der Polizeiwache mussten sie ihre Personalien angeben und es wurde ein Protokoll aufgenommen. Felix würde ein neues Handy bekommen. Obwohl es noch zu klären galt, ob die Haftpflichtversicherung des Schlägers, er hiess Reto Hotz, in diesem Fall zahlen würde. Auch Felix' Arztrechnung würde der Schläger berappen müssen. Als Felix und Claudia zusammen mit den Australiern die Polizeiwache in Gordola endlich verlassen konnten, wurden sie von den Blitzlichtern der Pressefotografen empfangen. Mehrere Journalisten wollten mit ihnen sprechen. Die drei Australier – wie sich herausstellte, waren es Brüder aus Adelaide, die auf einer fünfwöchigen Europareise waren – wurden von einem Regionalsender für den nächsten Abend in eine Talkshow eingeladen. Am Ostersamstag waren die Zeitungen voller Berichte über den Vorfall: «Schlägerei auf der Brücke», titelte die Gratiszeitung «20 Minuten». «Liebespaar macht Selfie – Spinner schlägt zu», hiess es im Boulevardblatt «Blick». Felix und Claudia wurden in den Medienberichten als «das wandernde Liebespaar» bezeichnet und die Australier wie Helden gefeiert. Überall sah man ihr Foto. Felix freute sich wenig über die Bilder von Claudia und ihm mit seinem zugeschwollenen Gesicht.

Die Fotos von Felix' und Claudias Kuss auf der Brücke aber waren in den Fluten der Verzasca verloren. Dafür hatte jemand von der gegenüberliegenden Flussseite die Schlägerei gefilmt und das Video auf Youtube gestellt. Bis am Ostersonntag erhielt «Die Keilerei auf der Ponte» 1'637'000 Likes.

Der Traum

Es begann mit einem Gutenachtkuss, den mir meine Mama jeden Abend auf die Wange drückte, bevor sie das Licht löschte. Vor dem Gutenachtkuss erzählte sie mir immer eine Geschichte. An jenem Abend war es die Geschichte von Dornröschen, das 100 Jahre lang geschlafen hatte, bis ein Prinz es wach küsste. Als Mama das Zimmer verlassen und das Licht gelöscht hatte, schloss ich die Augen und verpasste schon wieder den Moment, in dem ich einschlief. Ich tauchte einfach ab.

Dieses Mal in ein endloses Meer von Rosen. Die Blüten dufteten verführerisch, doch je tiefer ich eintauchte, desto mehr gelangte ich in ein Dickicht aus dornigen Ästen. Schliesslich schlug ich auf dem kalten, feuchten Boden auf. Ich rappelte mich hoch und wollte mich auf den Weg machen, wusste jedoch nicht, wohin ich mich wenden sollte. Es war stockfinster im Dickicht. Ich tat ein paar Schritte. «Autsch!» Ein Dorn hatte mir das Nachthemd mitsamt der Haut an der rechten Schulter aufgerissen. Blut quoll hervor. Ich hielt mir den Kratzer mit der Hand zu und schaute verzweifelt um mich. War denn niemand da, der mir helfen konnte? Da setzten sich zwei Dornenvögel auf einen Ast vor mir: Ralph und Meggie. «Was suchst du, mein Kind?», fragte das Männchen Ralph salbungsvoll. Erfreut, dass ich mit den Vögeln sprechen konnte, antwortete ich: «Das Schloss; ich will die Prinzessin küssen.» Die Antwort kam spontan und war wohl auf Mamas Gutenachtgeschichte zurückzuführen, die als letzte Erinnerung mein Bewusstsein durchdrang. Der andere Dornenvogel, Meggie, lachte bitter. «Was versprichst du dir denn davon? Spätestens nach deinem Sturz ins Rosendickicht müsstest du doch wissen, wie das ist mit der Liebe. Anfangs duftet und blüht sie verführerisch in allen Farben. Erst wenn du dich fallen lässt, dringst du zu den Dornen vor, ehe du auf dem kalten, harten Boden der Realität landest und dich die Dunkelheit umhüllt.» Ralph hüstelte nervös: «Meggie, jetzt sei doch bitte nicht so zynisch.» «Das habe ich allein dir zu verdanken», zischte sie ihn an. Das Vogelmännchen, das bis auf eine weisse Halskrause und eine brokatrote Brust ein schwarzes Federkleid hatte, überging den Vorwurf und wandte sich wieder mir zu. «Mein Sohn, wir wissen nicht, wo sich das Schloss befindet. Aber wenn du hier wartest, fliegen wir hoch und halten für dich Ausschau. Bleib einfach hier und singe laut ‹Im Röseligarte, da tuen i warte›, damit wir dich wieder finden und dir den Weg weisen können.» Dankbar willigte ich ein. Ralph und Meggie flogen davon und ich blieb allein im Dickicht zurück. Ich hatte schon 48 Mal «Im Röseligarte» gesungen, als ich endlich das Gezwitscher der zurückkehrenden Dornenvögel über mir hörte. Die beiden hatten sich offenbar wieder gestritten, denn sie setzten sich auf unterschiedliche Äste und wandten sich ihre Bürzel zu. «Es gibt kein Schloss», verkündete Meggie schonungslos, «wir haben alles abgesucht.» «Ist doch gar nicht wahr», widersprach Ralph: «Im Norden befindet sich ein mächtiges Schloss, umrankt von roten Rosen.» «Baust du mal wieder Luftschlösser, Ralph de Bricassart?», blaffte Meggie und wiederholte dann eindringlich an mich gewandt: «Ich sage dir, da ist kein Schloss!» Ich war in Verlegenheit, denn ich wusste nicht, wem ich glauben sollte. Ich war ein unschuldiges Kind und voller Abenteuerlust. Darum war ich geneigt, auf Ralph zu vertrauen. Ausserdem schien mir Meggies Antwort ziemlich hoffnungslos. Ohne Schloss wäre ich doch einfach im kalten dunkeln Dickicht hocken geblieben und elend verkümmert. Also liess ich mir von Ralph zeigen, in welche Richtung ich zu gehen hatte. Derweil schimpfte Meggie vor sich hin und liess absichtlich von einem der oberen Äste einen fetten Vogelschiss fahren, der mitten auf Ralphs Kopf landete. «Meggie!» Für einen Moment schien Ralph nahe daran, die Fassung zu verlieren. «Wie kann ich mich orientieren?», fragte ich ihn. Dankbar für die Ablenkung antwortete Ralph: «Schau auf die Dornen. Sie befinden sich immer südlich der Äste. Du musst in die entgegengesetzte Richtung gehen». Oweh, dachte ich. Gegen die Dornen gehen war wie gegen den Strom schwimmen – nur blutiger. Ralph gab mir eine Bibel mit auf den Weg. Offensichtlich fiel es ihm schwer, sich davon zu trennen. Er legte die Flügel aneinander und sagte: «Pass gut auf sie auf!» Dann flüsterte er, sodass Meggie es nicht hören konnte: «Sie ist mein grösster Schatz.» Meggie reichte mir eine Schafschere mit den Worten: «Schöne Grüsse aus Drogheda.» Bei beiden Geschenken schien es sich um Gegenstände aus einer vergangenen Zeit zu handeln. Doch ehe ich sie danach fragen konnte, wünschten sie mir alles Gute und flogen davon.

Der Weg zum Schloss kam mir endlos vor. Ich benutzte Meggies Schafschere, um mir die schlimmsten Dornen aus dem Weg zu schaffen. Für die Lektüre der Bibel war es im Dickicht zu dunkel. Ich hatte jegliches Gefühl für Raum und Zeit verloren. Irgendwann glaubte ich, Ralph und Meggies Gekeife über mir zu hören. Ich begann laut «Im Röseligarte» zu singen, doch die Vögel reagierten nicht. Endlich blieb meine Schafschere stecken. War ich an der Schlossmauer angelangt? Mein Blick wanderte nach oben.

Über mich beugten sich Menschen in Weiss. Etwas piepte und gurgelte. War ich wach oder träumte ich noch? Eine Frau, deren Gesicht ganz nah an meinem war, rief: «Er ist wach!» Nun erkannte ich sie. Sie war meine Mama! Ich lächelte sie an. «Gott sei Dank!», flüsterte sie und begann zu weinen. «Kind, du hast 100 Tage geschlafen. Du bist nach dem Gutenachtkuss einfach eingeschlafen und nicht mehr aufgewacht. Ich habe mir ja solche

Sorgen um dich gemacht», schluchzte sie. «Tut dir etwas weh?» Ich nickte und zeigte auf die Kratzspuren der Dornen an meinen Armen und Beinen, doch da war nichts. Vergeblich sah ich mich nach der Bibel und der Schafschere um.

Ich war froh, wieder wach und bei meiner Mama zu sein. Was mich jedoch ärgerte, war, dass ich nun nicht wusste, wer von den beiden Dornenvögeln Recht hatte: Meggie oder Ralph. Gab es das von Rosen umrankte Schloss mit der Prinzessin wirklich oder war ich in meinem Koma-Traum nur einem Luftschloss hinterhergejagt?

Lügen

«Also dann, tschü-hüss!» Monika zog die Tür hinter sich zu. Endlich war sie weg. Jeden ersten und dritten Donnerstagabend ging sie zum Strick-treff. Aber das wusste ihre Familie nicht. Zu Hause erzählte Monika, sie ginge zu ihrer Mutter, um nach dem Rechten zu sehen. Vor allem ihrem Mann, Michael, wollte sie nicht vom Stricken er-zählen. Er fand Stricken altmodisch und eine Zeit-verschwendung. Während der Ausbildung hatte Monika mit ihren Freundinnen in jeder freien Mi-nute gestrickt und so unzählige Pullover, Mützen und Schals produziert. Gerne hätte sie Michael, den sie im zweiten Studienjahr kennenlernte, damals einen Pullover gemacht. Doch er meinte nur, die Wolle kratze ihn, und so hatte sie schweren Her-zens darauf verzichtet. Später machte er sich immer wieder darüber lustig, wenn Monika ihr Strickzeug hervorholte, sodass sie irgendwann ganz mit dem Stricken aufhörte. Als die Kinder Luca und Sophie kamen, fand Monika ohnehin keine Zeit mehr für ihr Hobby. Doch vor einem halben Jahr hatte sie einen Woll- und Garnladen an der Länggasse ent-deckt. Die Qualität war hervorragend und reichte von Bambus- und Kaschmirseide über Biomerino bis zu Seiden-Alpaka. Die Inhaberin färbte die Garne selbst. Einmal war Monika am Schaufenster stehengeblieben. Beim zweiten Mal war sie hineingegangen. Im Gespräch mit der Inhaberin hatte sie von den Stricktreffen erfahren, die zweimal im Monat stattfanden. Monika war begeistert. Ihre Kinder waren inzwischen auf dem Gymnasium. Warum also nicht wieder anfangen zu stricken? Und weil sie keine Lust hatte, sich zu Hause Michaels Spott anzuhören, und weil sie die Idee lockte, in einer Gruppe mit anderen Frauen zu stricken, beschloss Monika, zum Stricktreff zu gehen. Beim ersten Mal hatte sie sich noch mit einem schlechten Gewissen unter dem Vorwand, sie treffe eine Freundin, aus dem Haus gestohlen. Die Idee mit der Mutter kam ihr erst beim dritten Mal. Inzwischen hatten sich zu Hause alle daran gewöhnt, dass Monika am ersten und dritten Donnerstag im Monat zu ihrer Mutter ging. Keiner fragte mehr danach, nicht einmal Michael.

Als Monika an diesem Donnerstagabend in den Laden an der Länggasse kam, sassen schon ein paar Frauen um den Arbeitstisch. Ein leckerer Kuchen stand in der Mitte, darum herum waren Servietten, Tassen, Löffel und Zucker drapiert. Strickanleitungen, Nadeln und Garne lagen verstreut da. Monika setzte sich neben Daniela, die an einem Handschuh mit einem komplizierten Jacquardmuster strickte. Kaffeeduft erfüllte die Luft, die Nadeln klapperten und Monika packte ihre Strickarbeit aus. Jede der Frauen arbeitete an ihrem eigenen Projekt. Anleitungen wurden herumgereicht, man bewunderte die Werke der anderen und tauschte Tipps und Tricks aus. Der Gesprächsstoff ging jedoch weit über das Stricken hinaus. Manche Frauen kamen schon seit Jahren zum Treff, sodass sich zwischen ihnen feste Freundschaften entwickelt hatten. Auch Monika hatte sich mit Daniela und der Ladeninhaberin Nelly angefreundet. Sie strickte an einem Pullover und freute sich, wie die Arbeit unter ihren Händen wuchs. Die gleichmässigen Bewegungen beruhigten und befriedigten sie. Die Wolle, die sie verarbeitete, hatte eine wunderbare Qualität. Auch wenn sie sich eine solche Qualität in ihren Studienjahren nicht hätte leisten können, fühlte sich Monika wieder in die Zeit zurückversetzt. Stricken unter Gleichgesinnten – das war wie nach Hause kommen. An diesem Abend war es schon früh dunkel und Nelly zündete das Licht an. Passanten schauten neugierig in den Laden, in dem so viele Frauen beisammensassen und strickten. Manche lächelten abschätzig, andere schauten interessiert. Viele gingen auch einfach nur schnell vorbei, mit ihren Gedanken ganz woanders.

Monika nahm sich gerade ein Stück Kuchen, als es draussen auf der Strasse plötzlich knallte. Wütende Stimmen riefen durcheinander, ein undefinierbares Geräusch schwoll rasch an. Erst nach ein paar Sekunden erkannte Monika, woher es kam: Es waren die Stimmen und Schritte einer Menschenmasse. Einzelne Leute skandierten irgendwelche Parolen, wieder knallte es. Plötzlich zogen die Protestierenden unmittelbar vor dem Schaufenster des

Wollladens vorbei. Es waren vor allem junge Leute, die Kapuzen ihrer Jacken tief in die wütenden Gesichter gezogen. Nelly, die Ladenbesitzerin, wurde kreidebleich. Die Frauen hatten aufgehört zu stricken. Nelly wollte das Licht ausmachen, doch Daniela hielt sie zurück: «Nicht, sonst werden sie nur aggressiv!» Gebannt schauten die Frauen zu, wie die Menschenmasse wenige Meter von ihnen entfernt auf der anderen Seite der Scheibe an ihnen vorbeizog. Monika versuchte, die Parolen auf den Transparenten der Protestierenden zu lesen. Vis-à-vis bei der Bank hörte man, wie eine Scheibe in die Brüche ging. Nelly stiess einen leisen Schrei aus. Sie fürchtete um ihr eigenes Schaufenster und musste sich setzen. Schweigend sahen die Strickerinnen auf den Menschenstrom. Da fiel Monika ein junger Mann auf, der direkt ins Schaufenster des Wollladens sah. War das nicht? Ihre Blicke kreuzten sich. Ihr stockte der Atem. Es war Luca, ihr Sohn! Auch Luca hatte sie offensichtlich erkannt. Sie stand auf. In seinen Augen lag so etwas wie Erstaunen, das plötzlich in Feindseligkeit umschlug. Er sah weg und ging schnell weiter. Sie hastete zum Fenster und wollte ihn zu sich rufen, doch er war schon in der Menschenmasse verschwunden. Dass ihr Sohn hier mitdemonstrierte, schockierte Monika. Er hatte so wütend ausgesehen. Und es war gefährlich, hier mitzulaufen. Was, wenn die Polizei eingriff? Mit Wasserwerfern und Gummischrot war nicht zu spassen. Nicht zu denken, wenn plötzlich Panik ausbrechen würde. Es kam immer wieder vor, dass Menschen in der Masse zu Tode getrampelt wurden. «Gehts dir nicht gut?» Daniela sah sie besorgt an. «Ach, es ist nichts», antwortete sie. «Du bist ganz bleich. Möchtest du ein Glas Wasser?», hakte Daniela nach. Doch Monika lehnte dankend ab. Sie musste so schnell als möglich nach Hause. Draussen wurde es langsam ruhiger. Der Umzug war fast vorbei, nur ein paar Nachzügler schlenderten noch vorüber. Die Strickerinnen fassten sich langsam wieder. Daniela reichte Nelly, die immer noch bleich auf ihrem Stuhl sass, ein Glas Wasser und fragte in die Runde, ob jemand nochmals Kaffee wolle. Monika begann, ihre Sachen zusammenzuräumen.

Auf dem Heimweg musste sie immerzu an Luca denken; sie war fast krank vor Sorge. Als sie die Haustüre öffnete, war niemand im Wohnzimmer, auch die Küche war leer. Nur von oben hörte sie laute Musik wummern. Monika war erleichtert. Sie ging die Treppe hoch und klopfte an Lucas Tür. Keine Antwort. Sie klopfte lauter. Immer noch keine Reaktion. Sie öffnete die Tür. Luca lag auf dem Bett. Er trug immer noch seinen grauen Kapuzenpulli und sah sie feindselig an. «Wie oft habe ich schon gesagt, dass du klopfen sollst!» «Habe ich, aber du hast es nicht gehört», entgegnete Monika. Sie ging zur Stereoanlage und drehte das Volumen herunter. «Und, wie geht es Oma?», fragte Luca höhnisch. Monika seufzte. «Das ist jetzt nicht das

Thema», sagte sie mit aller mütterlichen Autorität, die sie in dem Moment aufbringen konnte. «Ich habe mir furchtbare Sorgen um dich gemacht.» «Ach ja? So sah es aber nicht aus!» Kampflustig setzte sich Luca im Bett auf. Monika beschloss, seine Bemerkung zu ignorieren. «Warum läufst du mit diesen Leuten mit? Was hast du mit diesen Hausbesetzern zu tun?» Auf dem Heimweg im Bus hatte sich Monika via Smartphone über die Gründe der Demonstration informiert. Die Polizei hatte an diesem Tag besetzte Häuser geräumt, was zu Ausschreitungen geführt hatte. «Die Scheissbullen machen mit uns, was sie wollen», blaffte Luca. «Uns?» Monika zog die Augenbrauen hoch. «Du wohnst schliesslich hier und nicht in einem besetzten Haus.» «Ja, toll, ich wohne hier mit meinen Eltern, die mich die ganze Zeit anlügen. Oder willst du etwa immer noch behaupten, dass du bei Oma warst?» Monika seufzte. «Nein, du hast ja selbst gesehen, dass ich beim Stricktreff war.» Sie fragte sich, was Luca damit meinte, dass ihn seine Eltern anlogen. Was war mit Michael? Wo war er überhaupt? Ehe sie von Luca etwas in Erfahrung bringen konnte, musste sie reinen Tisch machen. Sie setzte sich zu ihm aufs Bett. «Ich liebe es zu stricken», sagte sie. «In meiner Jugend habe ich viel gestrickt. Dann habe ich deinen Vater kennengelernt. Er hat sich darüber lustig gemacht, sodass ich irgendwann damit aufgehört habe. Ich habe wegen des Stricktreffs gelogen, um mir seinen Spott zu ersparen.» Luca sah sie ungläubig an. «Echt? Wegen so was hast du uns angelogen?» Jetzt schämte sich Monika dafür, dass sie nicht für sich und ihr Hobby eingestanden war. Was für ein erbärmliches Verhalten für einen erwachsenen Menschen. Luca grinste. «Und ihr sitzt da wirklich jeden zweiten Donnerstag und strickt?» Monika nickte. Erleichtert, dass Luca ihr die Sache nicht weiter nachzutragen schien, beschloss sie zum anderen Thema überzugehen: «Sag mal, warum lügt denn Papa?» Sofort verfinsterte sich Lucas Miene wieder. «Frag ihn doch selbst. Der hat auf jeden Fall auch sein kleines Geheimnis.» Er stand auf und drehte das Volumen der Stereoanlage wieder auf. Das Gespräch war beendet.

Monika ging in die Küche. Sie brauchte eine Tasse Tee. Was Luca wohl mit Michaels kleinem Geheimnis meinte? Als sie sich den Tee aufgoss, hörte sie, wie jemand die Haustüre öffnete. «Uhu!», Michael war zurück. Monika sah auf die Uhr. Es war fünf vor zehn; um zehn kam sie für gewöhnlich vom Stricktreff nach Hause. Michael trat in die Küche. «Du bist schon da? Wie geht es deiner Mutter?» Monika biss sich auf die Lippen. Sie hätte ihm jetzt die Wahrheit sagen müssen. Doch sie sagte nur beiläufig: «Gut. Wo warst du?» «Bei Steve», sagte Michael nur und nahm sich ein Bier aus dem Kühlschrank. Steve war ihr Nachbar. Steve und Michael waren seit Jahren befreundet. Monika und Michael tauschten noch ein paar Belanglosig-

45

keiten aus, dann ging er ins Wohnzimmer und schaltete den Fernseher ein, während sie in der Küche ihren Tee trank und in der Zeitung blätterte.

Zwei Wochen später beschloss Monika, nicht zum Stricktreff zu gehen. Sie hatte sich vorgenommen, ihre Familie nicht mehr anzulügen, und solange sie es nicht schaffte, Michael die Wahrheit zu erzählen, würde sie eben auf den Stricktreff verzichten. Michael war erstaunt, als sie um Viertel nach sieben immer noch in der Küche hantierte. «Wolltest du heute nicht zu deiner Mutter?», fragte er. «Nein, heute nicht», erwiderte Monika. «Ach so.» Michael stand etwas unbeholfen in der Küche. «Ja dann», sagte er schliesslich und ging nach oben. Als er fünf Minuten später nach unten kam, wirkte er glücklich. «Schatz, ich gehe noch kurz weg.» Monika war etwas enttäuscht. Sie hatte gehofft, den Abend mit Michael zu verbringen. «O. k. Wohin, wenn man fragen darf?» «Zu Steve.» Schon wieder? Monika wunderte sich. Doch dann sagte sie sich, dass Michael ja nicht damit gerechnet hatte, dass sie den Abend zu Hause verbringen würde. Sie nahm ein Buch und setzte sich ins Wohnzimmer. Michael war bei Steve, auch Luca war bei einem Kollegen und Sophie in der Ballettstunde. Monika hätte geradeso gut zum Stricktreff gehen können. Sie ärgerte sich über sich selbst. Warum hatte sie Michael nicht einfach die Wahrheit gesagt, ihr Strickzeug gepackt und war gegangen? Das Buch war schlecht geschrieben und sie konnte sich nicht richtig vertiefen. Ihre Gedanken schweiften wie so oft in den letzten Tagen zu Michael und seinem Geheimnis. Was hatte Luca bloss damit gemeint? Bisher war ihr nichts aufgefallen. Ob es etwas mit Steve zu tun hatte? War Michael am Ende gar nicht bei Steve, sondern ganz woanders? Sie legte das Buch beiseite und stand auf. Sie ging in die Küche und schaute aus dem Fenster hinüber zu Steves Haus. Licht brannte im Wohnzimmer. Offenbar war jemand zu Hause. Doch das hatte nichts zu bedeuten. Das konnte auch Steves Frau oder eine seiner Töchter sein. Monika füllte den Wasserkocher und schaltete ihn ein. Während sie wartete, bis das Wasser kochte, dachte sie an Michael. Sie wusste im Grunde so wenig über ihn. In letzter Zeit sprachen sie kaum noch miteinander. Nicht, weil sie sich zerstritten hatten; sie hatten sich einfach auseinandergelebt. Jeder hatte seine Arbeit, seine Verpflichtungen. Die Kinder, die lange der Kitt ihrer Ehe gewesen waren, brauchten sie nicht mehr so sehr. Monika schaute wieder hinüber zu Steves Haus. Ob das in Steves Familie auch so war? Da sah sie, wie Steve aus der Haustüre kam. Er holte Holz für den Kamin. Die Holzbeige befand sich auf der Veranda. Ach, dachte Monika. Jetzt machen die es sich da drüben vor dem Kamin gemütlich und ich hocke hier ganz alleine mit meinem langweiligen Buch. Warum eigentlich? Sie konnte den beiden doch Gesellschaft leisten. Sie liess Wasserkocher und Teetasse stehen, nahm ihren Mantel und ging hinaus. Die Luft war kühl und es war schon dunkel. Langsam überquerte sie den Rasen zu Steves Haus. Bevor sie zur Haustüre ging, beschloss sie, einen kurzen Blick durchs Fenster zu werfen. Sie wollte wissen, wer alles zu Hause war, ehe sie hereinplatzte. Leise trat sie an die Scheibe und schaute ins Wohnzimmer. Das Feuer im Kamin war noch klein. Auf dem Salontisch standen zwei Bierdosen und eine Schale Chips. Auf dem Sofa dahinter sassen Michael und Steve, sonst war niemand da. Die beiden Männer sassen nahe beieinander. Steve sagte etwas und Michael lachte. Monika sah genauer hin. Steve hatte den Arm um Michael gelegt. Jetzt beugte er sich zu Michael und – küsste ihn. Sie konnte nicht fassen, was sie da sah. Michael erwiderte Steves Kuss. Die beiden hielten sich eng umschlungen und küssten sich erst zärtlich, dann immer gieriger. Monika wandte sich ab. Michael, ihr Michael war ... Nein. Sie waren doch seit 18 Jahren verheiratet, sie hatten sich geliebt, sie hatten miteinander Kinder gezeugt und grossgezogen ... War ihre ganze Ehe eine Lüge? Wie in Trance lief sie zurück zu ihrem Haus. Benommen ging sie in der Küche auf und ab. Sie musste ihre Gedanken ordnen, sonst würde sie wahnsinnig. Aber wie? Einen Moment hielt sie inne, dann ging sie ins Schlafzimmer und holte ihre Strickarbeit hervor, die sie in einer Stofftasche in der untersten Schublade unter ihren Strümpfen versteckt hatte. Sie stopfte den Stoffbeutel zusammen mit ihrem

Portemonnaie in eine Tragtasche. Dann riss sie einen Zettel von einem Notizblock, der auf dem Küchentisch lag, und schrieb mit zitternden Händen eine Nachricht: «Lieber Michael, ich will keine Lügen mehr. Ich gehe zum Stricktreff. Wenn ich wiederkomme, will ich mit dir über *deine* Lüge reden – und wie es mit uns beiden weitergehen soll. Monika.»

Der Froschkönig

Regina stieg mit klopfendem Herzen in die dritte Etage. Sie hatte es sich angewöhnt, die Treppe zu nehmen, um wenigstens ein Minimum an Bewegung in ihren Büroalltag zu integrieren. In letzter Zeit kam das Herzklopfen jedoch nicht mehr nur von der körperlichen Anstrengung. Seit Remo bei der Krüttli AG arbeitete, gab es für sie nichts Schöneres, als morgens zur Arbeit zu kommen. Sie würde den ganzen Tag in seiner Nähe verbringen und jede Sekunde barg die Möglichkeit, ihn zu sehen oder gar mit ihm zu sprechen. Remo arbeitete seit einem Monat in der Finanzabteilung der Krüttli AG. Er war ihr von Anfang an aufgefallen. Schlank, gross gewachsen, glatt rasiert, und mit seinen dunklen Locken war er genau ihr Typ. Seine lustigen braunen Augen, seine freundliche Art und sein Humor gefielen ihr. Remo zog sich gut an, er roch gut und er hatte einfach das gewisse Etwas. Er war verheiratet, das wusste Regina, denn sie hatte schon bei der ersten Begegnung seine schlanken Hände mit geübtem Blick nach einem Ehering abgesucht. Zwar hatte Remo ein Foto von seiner Frau auf seinem Schreibtisch stehen, sprach aber nie über sie. Obwohl Regina wusste, dass er verheiratet war, konnte sie sich dem Sog, der von ihm ausging, nicht entziehen. In solche Gedanken versunken, erklomm sie die letzte Stufe und öffnete die Tür zum Empfang. «Morgen!», rief sie. «Morgen», murmelte Monika, die Kollegin am Empfang. Regina schritt beschwingt in ihr Büro.

«Hallo.» Regina stand am Kopierer, Remo dicht hinter ihr. Sein Atem streifte ihr Haar. Sie konnte seine Körperwärme förmlich spüren. Sein Geruch liess ihr Herz höher schlagen. Regina atmete flach. «Brauchst du lange?», fragte Remo. «Nein, ich habs gleich.» Reginas Stimme war heiser. Sie räusperte sich. Remo lächelte sie freundlich an. Sie überlegte fieberhaft, wie sie ihn in ein Gespräch verwickeln konnte. «Ich musste gerade Papier nachfüllen», sagte sie. «Hm», meinte Remo nur. Regina ärgerte sich. Wie bescheuert war das denn: «Ich musste gerade Papier nachfüllen.» Warum konnte ihr nichts Besseres einfallen? Was würde er wohl jetzt von ihr denken? Sie nahm ihre Kopien, dann öffnete sie den Deckel des Geräts, fischte ihre Vorlage von der Glasplatte und machte sich davon. Sie murmelte ein «Tschüss». Bestimmt war ihr Gesicht hochrot angelaufen.

Die Abteilungssitzung am Dienstagmorgen war – bis Remo in den Betrieb kam – die Zeit für Reginas geistiges Time-out. Doch jetzt fieberte sie jeweils schon die ganze Woche auf diese Sitzung hin. Ihre Nerven waren bis zum Zerreissen gespannt und ihre Sinne ganz auf Remo ausgerichtet. Obwohl es keine offizielle Sitzordnung gab, hatte sich unter den Mitarbeitenden aus Gewohnheit ein Muster eingeschlichen, auf das man sich in der Regel verlassen konnte. Und so sass Regina auch heute schräg vis-à-vis von Remo, sodass sie ihn ständig im Blickfeld hatte. Wie eine Ertrinkende suchte sie immer wieder seinen Blick. Seine schlanken Hände spielten mit einem Kugelschreiber. Er trug eine Daniel-Wellington-Uhr, genau der Stil, der Regina gefiel. Zweimal trafen sich ihre Blicke wie zufällig. Regina lächelte kurz und schaute wieder weg.

Am Freitag war Mitarbeiteranlass. Zum Glück musste sie ihn dieses Jahr nicht organisieren. Ihre Kollegin Susanne war an der Reihe. Regina fieberte dem Tag freudig angespannt entgegen. Ob es ihr gelingen würde, Remo in ein Gespräch zu verwickeln? Sie hatte ihr Outfit schon zum vierten Mal gewechselt. Doch nun musste sie los. Ein Reisebus brachte die Gesellschaft ins Berner Oberland. Regina hatte sich neben Susanne gesetzt und unterhielt sich scheinbar angeregt mit ihr. Doch ihre Augen wanderten ständig zu Remo, der zwei Reihen weiter vorne neben Markus sass. Sie fuhren zu einem Pferdehof, wo sie für eine Bauernolympiade in Gruppen eingeteilt wurden. Regina war im selben Team wie Remo! Sie freute sich, stellte aber schnell fest, dass sie bei Disziplinen wie Hufeisen werfen und Nägel einschlagen wenig punkten konnte. Beim Hufeisenwerfen hatte sie zu weit nach rechts geworfen und beinahe Remos Zehen getroffen. Er hatte ihr darauf lachend ein Bier spendiert und sie waren zum ersten Mal näher ins

Gespräch gekommen. Der Alkohol löste ihre Zunge und während Remo sie angrinste, erzählte sie von – ja was eigentlich? Regina hätte es hinterher beim besten Willen nicht mehr sagen können. Sie war wie berauscht von Remos Anwesenheit, wie er sie anlächelte, aufmerksam zuhörte und hin und wieder auf seine leicht spöttische Art eine Frage stellte. Er war so süss!

Seitdem unterhielten sie sich auch öfter auf dem Flur, am Kopiergerät oder an der Kaffeemaschine. Es schien Regina, als würde auch Remo ihre Nähe suchen, und die Gelegenheiten, bei denen sie sich zufällig begegneten, häuften sich. An diesem Morgen hatte Remo, als er auf dem Flur an ihr vorbeiging, wie zufällig mit der Hand ihren Po gestreift. Regina war es heiss und kalt geworden. Im Weitergehen hatten sie sich gleichzeitig umgedreht und sich angelächelt. Regina wusste, dass sie sich da in etwas hineinmanövrierte, das nicht in Ordnung war. Aber sie konnte Remo nicht widerstehen. Ausserdem war schliesslich Remo derjenige, der verheiratet war, und nicht sie.

Es war an einem Donnerstagabend, zwei Wochen nach dem Mitarbeiterausflug. Die Kollegen waren alle gegangen. Nur bei Remo brannte noch Licht. Regina versuchte, sich auf ihr Protokoll zu konzentrieren. Da fiel plötzlich ein Schatten auf sie. «Na, immer noch fleissig?» Remo stand in der Tür. Sie seufzte: «Ja.» Dabei spürte sie, wie ihr das

Blut in die Wangen schoss. Er schluckte, wirkte nervös. «Du, ich ...» Die Spannung in der Luft war kaum auszuhalten. Da klingelte Remos Telefon. Er machte mit entschuldigender Miene eine Kopfbewegung in die Richtung seines Büros, räusperte sich und ging hinaus. Regina stand auf. Sie konnte sich kaum auf den Beinen halten. Langsam ging sie zur Toilette. Noch bevor sie bei der Tür angekommen war, hörte sie, wie er sein Telefonat beendete und den Hörer auflegte. Sie fühlte, wie sein Blick ihr folgte. Mit klopfendem Herzen öffnete sie die Tür zur Damentoilette. Sie ging in die erste Kabine und schloss ab. Da hörte sie, wie jemand draussen die Türe zu den Damentoiletten öffnete. «Regina?» Das war Remos Stimme. Er klang heiser. «Ja?», krächzte sie. «Bist du da drin?» Ihr stockte der Atem. «Lass mich rein, bitte!» Remo drückte auf die Klinke ihrer Kabinentür. Regina hörte seinen Atem. Sie zögerte nur einen kurzen Augenblick, dann drehte sie den Schlüsselknauf und er stürzte sich auf sie. Er presste sich an sie und drückte ihren Kopf mit beiden Händen nach hinten. Gierig fuhr seine Zunge zwischen ihre Lippen und begann ihren Mund zu erforschen. Regina wurde heiss zwischen den Schenkeln. Sie keuchte. Remo fummelte an ihrer Bluse. Es schien eine Ewigkeit zu dauern, bis er die Knöpfe geöffnet und ihr die Bluse über die Schultern gestreift hatte. Er öffnete ihren BH und seine Hände begannen, ihre Brüste zu kneten. Regina stöhnte. Sie zog Remo das Hemd aus der

Hose und fuhr mit den Händen darunter. Seine Brust war breit und muskulös. Er keuchte, lehnte seinen Oberkörper zurück und packte ihren Hosenbund. Schnell fand und öffnete er ihren Hosenknopf, riss mit einem Ruck den Reissverschluss herunter und griff mit den Händen in ihr Höschen. «Ich liebe deinen geilen Arsch!», stiess er hervor. Sein heisser Atem streifte ihr Ohr. Regina wurden die Beine ganz schwach, als Remo ihr die Hose samt Höschen hinunterzog und sie an die Wand presste. Wie gelähmt vor Lust wartete sie, bis er seine Hose öffnete und sein harter Schwanz sich den Weg zwischen ihre Schenkel suchte. Er atmete schwer. Sie schloss die Augen und gab sich ihrer Lust hin.

Die folgenden Wochen waren für Regina wie ein Rausch. Ihre Gedanken kreisten um Remo. Jeder Arbeitstag war eine Art Vorspiel. Er liess keine Gelegenheit aus, sie zu berühren, wenn sie auf dem Gang, in der Cafeteria oder am Kopierer wie zufällig ganz nah aneinander vorbeigingen. Abends blieben sie länger, bis alle anderen Kollegen gegangen waren. Sie liebten sich auf Remos Schreibtisch, im kleinen Sitzungszimmer, im Materiallager und auf der Toilette. Regina nahm kaum noch etwas um sich wahr – ausser Remo. Er begehrte sie, er flüsterte ihr seine schmutzigen Fantasien ins Ohr. Nach ein paar Wochen begannen sie, sich freitags in der Mittagspause ein Hotelzimmer zu nehmen. Der Sex mit Remo war aufregend. Er war ungestüm, gierig und überraschend.

Doch mit der Zeit spürte Regina, dass ihr das nicht genug war. Der Büroalltag wurde immer komplizierter. Regina wurde das Versteckspiel mit Remo vor den Kollegen je länger desto lästiger. Neulich wären sie beinahe beim Küssen im Materiallager erwischt worden und Monika vom Empfang hatte ihr neulich so einen seltsamen Blick zugeworfen. Ahnte die etwas? Regina fühlte sich zunehmend isoliert. Während der Nächte und Wochenenden, die sie allein zu Hause verbrachte, war sie immer mehr ins Grübeln gekommen. Sie hatte jemanden, und doch war sie allein. Dabei liebte sie Remo und wollte ihn ganz. Remo begehrte sie, das war eindeutig, aber erwiderte er auch ihre Gefühle? Hatte ihre Beziehung eine Zukunft? Wäre er bereit, für Regina seine Frau zu verlassen? Bis jetzt hatte Regina diese Gedanken verdrängt und einfach den Moment genossen, doch das gelang ihr immer weniger.

«Liebst du mich?» Sie hatte diese Frage nicht stellen wollen, doch nun war es zu spät. Wie jeden Freitagmittag waren sie im Hotel Schwanen abgestiegen. Remo hatte sie an diesem Tag, kaum waren sie in ihrem Zimmer, gegen die Wand gedrückt und hart von hinten genommen. Als er fertig war, kniff er sie in den Hintern, knöpfte seine Hose wieder zu und liess sie stehen. Er setzte sich vor den Fernseher und schaltete Fussball an. Regina war verunsichert. Das war nicht gerade die Art von Liebesspiel gewesen, das sie sich von ihrem Liebhaber gewünscht hatte. Nun stand sie vor ihm und wartete auf seine Antwort. Er wirkte irritiert. Widerwillig riss er seinen Blick vom Bildschirm los. Dann grinste er sie an und sagte: «Du bist eine sehr attraktive Frau.» «Liebst du mich?», fragte Regina nochmals. Remo zog sie an ihren Hüften zu sich heran, küsste ihren Bauchnabel und liess seine Hände zwischen ihre Schenkel gleiten. «Ich liebe deine haarige Höhle.» «Das beantwortet nicht meine Frage», entgegnete sie und versuchte, sich ihm zu entziehen. Doch er packte sie und warf sie aufs Bett. Er drückte sie mit seinem ganzen Gewicht nieder und presste seinen Mund auf ihren. Regina versuchte noch für einen kurzen Moment, ihn abzuwehren. Dann gab sie sich ihm hin. Sie würde ihm die Frage ein andermal stellen. Eine Woge der Lust überkam sie und sie klammerte sich an ihn. Auch am Bildschirm war Bewegung ins Spiel gekommen, der Reporter sprach jetzt laut und schnell. Der Torschuss von Manchester United ging in Reginas lustvollem Schrei unter.

Samstagmorgen … wieder stand Regina ein ganzes einsames Wochenende bevor. Wie gerne wäre sie neben Remo erwacht, statt allein in ihrem breiten, komfortablen Queen-Size-Bett. An den Wochenenden konnte Regina Remos Abwesenheit fast körperlich spüren. Sie gab sich ihren Fantasien

hin und stellte sich vor, wie sie gemeinsam früh-
stückten, durch den Park spazierten oder einkauf-
ten. Doch wenig später an diesem Samstagmorgen
stand sie wie immer allein zwischen Reis- und Ge-
treidepackungen in der Migros und dachte an den
gestrigen Mittagssex. Was bedeutete sie ihm? Das
hatte doch gar nichts mit Liebe zu tun gehabt gestern. Es war, als ob es gar nicht um sie gegangen
wäre. Ausnahmsweise kaufte Regina an diesem
Tag in der MMM Migros im Stadtzentrum ein,
denn sie wollte an der Fischtheke Lachsfilets holen.
Ihre Eltern hatten sich zum Abendessen angemel-
det. Wie gerne hätte sie Remo ihren Eltern vorge-
stellt. Da plötzlich hörte sie sein Lachen. Reginas
Herz machte einen kleinen Hüpfer. War er wirklich
hier am Einkaufen oder hatte sie jetzt etwa schon
Halluzinationen? Sie hielt inne und lauschte gespannt. Mit wem lachte er da? Regina blieb wie
angewurzelt stehen. Da sah sie, wie er am anderen
Ende des Ganges mit einer Frau um die Ecke kam.
Sie schob den Einkaufswagen. Er hielt sie um die
Taille gefasst und flüsterte ihr etwas ins Ohr. Sie
lachte, sah zu ihm auf und er legte seinen Mund auf
ihren. Abrupt wendete sich Regina ab und machte
sich in die entgegengesetzte Richtung davon. Sie
hatte genug gesehen. Das Gesicht der Frau kannte
sie. Es war jedoch nicht jenes auf dem gerahmten
Foto, das auf Remos Büroschreibtisch stand. Es
war Susannes! Der Gedanke, Remo mit seiner Frau
zu teilen, war schlimm genug gewesen. Aber mit

ihrer Bürokollegin Susanne, das war ein Schock. Panisch steuerte Regina auf die Kasse zu und legte ihre Einkäufe mechanisch aufs Förderband. Ob Remo und Susanne sie gesehen hatten? Warum Susanne? Wieso hatte sie davon im Büro nichts gemerkt? Und wie lange ging das schon? «Cumuluskarte?» Regina schreckte aus ihren Gedanken hoch. «Äh, ja.» Die Verkäuferin zog die Karte mit ausdrucksloser Miene über den Scanner. Regina bezahlte und begann hektisch ihre Sachen einzupacken. Mit den Augen suchte sie den hinteren Teil des Ladens nach Remo und Susanne ab. «Sie haben mich nicht gesehen», dachte sie und hastete aus dem Laden. Sie öffnete den Kofferraum ihres kleinen Seats und räumte ihre Sachen schnell ein, klappte den Deckel zu und ging zur Tür. Neben ihrem Auto stand ein weisser Suzuki. War das nicht Remos Wagen? Sie hatte ihn auch schon gesehen, wie er damit zur Arbeit kam. Bloss weg hier! Regina stieg in ihr Auto, schaute in den Rückspiegel, legte den Rückwärtsgang ein und fuhr aus der Parklücke.

Tränen der Wut und der Scham liefen ihr übers Gesicht. Wie konnten sie nur? Regina hatte Susanne nie von Remo erzählt. Sie konnte nicht wissen, dass sie beide eine Affäre hatten. Aber Remo … Gestern hatten sie noch heissen Sex gehabt. Sie liebten sich doch! Langsam mischte sich in ihren ersten Schock auch die Scham darüber, dass sie sich von ihm so hatte hinters Licht führen lassen.

60

Wie dumm von ihr zu meinen, ein Mann, der seine Frau betrügt, würde nicht auch seine Geliebte hintergehen. Wie konnte sie nur so blöd sein? Mit dem war sie fertig, und zwar ein für alle Mal!

Der folgende Montag schien Regina grau und sinnlos. Sie nahm den Lift in die dritte Etage zur Krüttli AG und trottete ins Büro wie zum Schafott. Susanne, die mit Regina im selben Grossraumbüro sass, ging sie so gut als möglich aus dem Weg. Als sie Remo am Kopierer begegnete, wurde ihr schlecht. Der Scheisskerl hatte ihr den Himmel auf Erden versprochen. Er wolle Kinder mit ihr haben, hatte er einmal gesagt, nachdem sie sich im Schwanen geliebt hatten. Zärtlich hatte er sie nach dem Sex im Arm gehalten und über ihren flachen Bauch gestreichelt. Sie hatte ihm geglaubt, damals. Aber sonst, das musste sie sich eingestehen, war Remo immer ausgewichen, wenn sie verbindliche Fragen gestellt hatte. Dann machte er irgendeinen Spruch und lachte. Ihre Frage, wann er denn seine Frau für sie verlasse, hatte er einmal kichernd beantwortet mit: «Wenn der Krüttli Senior mit dem Rauchen aufhört», was bei ihrem kettenrauchenden Firmen-Patron so viel hiess wie «nie».

Nun stand er also neben ihr am Kopierer und grabschte doch tatsächlich nach ihr. Sie trat zur Seite und schickte ihm einen Blick zu, der hätte töten können. Er sah sie erstaunt an: «Was ist denn mit dir los? Ein schlechtes Wochenende gehabt?»

Regina zischte: «Du verdammter Mistkerl. Ich habe dich am Samstag mit Susanne in der Migros gesehen!» Für einen kurzen Moment schien er verunsichert. Dann grinste er dümmlich und zuckte mit den Schultern. «Nun mach aber mal halblang, man wird doch wohl noch einkaufen gehen können.» «Ach, hör doch auf. Ich habe genug gesehen!» Reginas Stimme zitterte vor Wut. Sie liess ihn stehen und stapfte in ihr Büro. Sie konnte es nicht fassen. Für wie doof hielt Remo sie? Spielte hier den Arglosen. So ein Arschloch! Und dann dieses blöde Grinsen. Auf einen Schlag kam es Regina nicht mehr anziehend vor, sondern widerte sie an. Alles an ihm widerte sie an! Er hielt es nicht einmal für nötig, sich bei ihr zu entschuldigen oder sein Verhalten zu erklären. Nach ein paar Tagen musste sie auch das einsehen. Dieser feige Arsch tat einfach, als ob zwischen ihnen nie etwas gewesen wäre. Er hatte mit Susanne ja wohl auch einen Ersatz für seine Triebe. Regina verwünschte ihn von ganzem Herzen.

Die folgenden Tage und Wochen waren grau und trostlos. Regina schleppte sich durch den Alltag. Sie begann, ihre Arbeit bei der Krüttli AG zu hassen, und fühlte sich von Remo benutzt und gedemütigt. Am schlimmsten aber war ihre Wut auf sich selbst. Wie hatte sie nur so blöd sein können! Susanne und Remo ging sie, so gut es ging, aus dem Weg.

So war sie überrascht, als sie Remo wieder einmal auf dem Gang begegnete. Natürlich fiel ihm nichts Besseres ein, als sie breit anzugrinsen. Dieses Grinsen, das Regina früher so süss fand, hatte sie in letzter Zeit nur noch abgestossen. Doch dieses Mal erschien es ihr richtiggehend eklig. Das war gar kein Grinsen mehr, sondern eine richtige Grimasse. So breit konnte ein normaler Mensch doch gar nicht den Mund verziehen. Verstört ging Regina weiter. Und diesen Mund hatte sie einmal geküsst!

Dienstagmorgen war für Regina zur Stunde der Selbstbeherrschung geworden. Jedes Mal, wenn sie zu Remo schaute oder wenn er etwas sagte, kam ihr die Galle hoch. Sie hatte angefangen, sich so hinzusetzen, dass er zwei, drei Plätze links neben ihr sass. So musste sie ihn nicht ständig ansehen. Nach den Informationen aus der Geschäftsleitung gab es wie immer eine Informationsrunde. Bei manchen war die Redezeit in dieser Runde stets umgekehrt proportional zu ihrem Arbeits-Output. Regina trommelte ungeduldig mit den Fingern auf den Tisch. Wenn die doch endlich mal zu einem Ende kommen könnten! Sie wollte nur raus hier. Jetzt kam Remo an die Reihe. Er grinste breit in die Runde und glotzte anbiedernd zum Chef. Als er anfing zu sprechen, durchfuhr Regina ein Grauen. Remos Stimme war kehlig und monoton. «Wir haben gute Quartalszahlen erreicht», quäkte er. War seine Stimme schon immer so abstossend gewesen oder hatten ihre Hormone ihre Wahrnehmung getrübt? Das klang einfach nur furchtbar. Verstohlen schaute sie in die Runde. Niemand reagierte auf Remos Quäken.

An einem Donnerstag – sie war gerade in der Kantine und schöpfte Salat – stand ihr Remo direkt gegenüber. Sein Blick schweifte über das Salatbuffet. Und was für ein Blick das war; er glotzte richtiggehend! Die dunklen Augen, die sie einst so lustig fand, traten fast schwarz hervor. Hatten die schon immer so weit auseinandergelegen? Regina schauerte. Sie musste das Salatbesteck beiseitelegen und den Blick abwenden.

Ein paar Tage später war sie wieder in der Kantine an dritter Stelle hinter Remo in der Schlange zur Kasse. Obwohl sie ihn hasste, konnte sie ihren musternden Blick nicht von ihm abwenden. Meinte sie das nur oder spannte seine Hose über den Schenkeln? Machte er etwa Krafttraining? Er schien ihr damit allerdings etwas zu übertreiben. Er bezahlte und schob sein Portemonnaie in die Gesässtasche seiner Jeans. Federnden Schrittes ging er breit grinsend mit seinem Tablett an den Tischreihen vorbei. Dabei glotzte er über die Tische, als suchte er sich schon die nächste Beute fürs Bett. Für dieses Mal setzte er sich noch zu Susanne und ein paar Kolleginnen aus der Personalabteilung an den Tisch. Regina schaute ihm angewidert hinterher. Remos neuer Body-Builder-Gang sah einfach albern aus. Sie bezahlte ihr Menü und ging mit dem Tablett in die entgegengesetzte Richtung, wo sie sich neuerdings jeweils zu den Kolleginnen von der Kommunikation ans Fenster setzte.

Am folgenden Tag begegnete sie Remo allein auf weiter Flur an der Kaffeemaschine. Sie hatte die Begegnung nicht vermeiden können, denn ihr Chef hatte eine wichtige Besprechung und forderte für seine hohen Gäste sofort Kaffee. Sie stellte sich hinter Remo, der sich gerade seinen Nespresso zapfte. Er wirkte seltsam klein, seine Knie, über denen sich muskulöse Oberschenkel gebildet hatten, waren nach aussen gedreht. Er hatte sie noch nicht bemerkt. Als er fertig war und sich umdrehte, verzog er seinen breiten Mund bei ihrem Anblick zu einem gequälten Grinsen, was ihr eine gewisse Genugtuung verschaffte. Doch als er so direkt vor ihr stand und mit seinen Glupschaugen rollte, stockte ihr der Atem. In ihrer Erinnerung war Remos Teint stets knusprig braun gewesen, mit einem leichten Bartschatten. Nun schillerte sein aufgedunsenes Gesicht grüngelb. Breitbeinig drückte er sich mit seinem Kaffee an ihr vorbei. Regina schüttelte ungläubig den Kopf und steckte dann eine der bunten Kapseln in den Schlitz der Kaffeemaschine.

An diesem Abend verliessen Regina und Remo das Büro gleichzeitig. Früher hätten sie das genossen, sich im Lift geküsst, gestreichelt und liebkost. Jetzt kam ihr das mehr als ungelegen. Lieber würde sie Rasierklingen schlucken, als mit Remo in den Lift steigen. Entschlossen ging sie zur Treppe und, während er sich mit dem Lift nach unten befördern liess, extra langsam zu Fuss ins Erdgeschoss. Schliesslich wollte sie nicht Gefahr laufen, ihm unten nochmals zu begegnen.

Gerade trat Regina ins Foyer, da sah sie, wie ein weisser Suzuki vor dem Gebäude anhielt. Ihr stockte der Atem. Am liebsten hätte sie rechtsumkehrt gemacht. Aber Remos Frau, die am Steuer sass, hatte sie schon gesehen und liess die Scheibe hinunter. «Entschuldigen Sie!», rief sie ihr durchs offene Wagenfenster zu, «arbeiten Sie auch bei der Krüttli AG?» Regina nickte und trat zaghaft an den Wagen heran. Jetzt bloss nicht die Nerven verlieren. «Wissen Sie, ob mein Mann, Remo Schneider, schon gegangen ist?» Trotz allem, was vorgefallen war, durchfuhr es Regina, als sie dieses selbstverständliche «mein Mann» hörte. «Ja, der ist eben erst gegangen.» «Scheisse», murmelte die Brünette. «Entschuldigen Sie, aber dann haben wir uns gerade verpasst.» «Oh», sagte Regina. Doch Remos Frau hatte schon Gas gegeben und fuhr mit quietschenden Reifen davon. Regina schaute dem Wagen hinterher. Gerade wollte sie sich auf den Weg machen, da sah sie einen braunen Fleck am Boden, dort, wo der Wagen gestanden hatte. Sie ging näher heran und sah, dass Remos Frau soeben einen Frosch überfahren hatte. Das Tier war völlig platt gewalzt, die Gedärme quollen heraus. «Das arme

Vieh», dachte Regina und machte sich auf den Weg zum Bahnhof.

Der Verdacht

Salome stützte ihre Hände auf die Oberschenkel und schaute keuchend auf ihre OL-Uhr. In dem Moment hörte sie ihr Resultat auch durch den Lautsprecher: «Salome Künzi aus Hittnau: 34 Minuten und 26 Sekunden. Sie ist somit Erstplatzierte in der Kategorie Damen lang!» Stolz und strahlend richtete sich Salome auf und ging zum Getränkestand, wo sie sich einen Becher Tee nahm. In gierigen Zügen leerte sie ihn und entfernte sich vom Ziel, um ihre brennenden Oberschenkel zu dehnen. Mit den Augen suchte sie ihren Freund Andy, der nun strahlend auf sie zukam. «Bravo, Maus, gut gemacht!» Er zog sie an sich und gab ihr einen innigen Kuss. Salome war auf Wolke sieben. Dass Andy sie unterstützte, war für sie wichtig; gerade jetzt, da das Orientierungslauf-Training so intensiv geworden war. Zu den regionalen Läufen kamen Testläufe wie der heutige an der nationalen Meisterschaft für Mitteldistanz. Wollte man sich – wie Salome – für internationale Wettkämpfe qualifizieren, waren die Resultate der Testläufe entscheidend. Andy selbst hatte seine Karriere im Orientierungslauf wegen eines Kreuzbandrisses abbrechen müssen, war dem Sport jedoch treu geblieben, indem er die Junioren trainierte. Er war sechs Jahre älter als Salome. Andys zärtliche Aufmerksamkeit freute Salome umso mehr, weil es zwischen ihnen in letzter Zeit öfters Spannungen gegeben hatte.

Nun kam auch Markus, der Präsident ihres OL-Vereins, auf sie zu und umarmte sie. «Sehr gut gelaufen, Salome, gratuliere! Sehen wir uns in einer halben Stunde zur Besprechung in der OL-Beiz?» Die OL-Beiz war ein Art Ad-hoc-Gastrobetrieb für die Läuferinnen und Läufer, der sich, je nach Platzverhältnissen, in einem Festzelt oder in der Turnhalle befand. Salome nickte und ging mit Andy Arm in Arm langsam zu den Sportanlagen, wo sich die Läufer duschen und umziehen konnten. Andy gab ihr einen liebevollen Klaps. «Bis gleich!», rief er ihr zu und ging schon in die OL-Beiz vor. Salome drängte sich an aufgeregt schwatzenden Läuferinnen vorbei zu ihrer Sporttasche. Sie zog sich ihre Startnummer über den Kopf und hängte sie an den Haken über der Sitzbank. Dann liess sie sich auf die Bank fallen und begann, ihre OL-Schuhe aufzubinden. Nachdem sie diese von sich gekickt hatte, streifte sie die Stulpen ab, die sie zum Schutz vor Brombeerstauden und anderem dornigen Gebüsch trug. Ihr OL-Dress war so verschwitzt, dass sie ihn kaum von ihrer feuchten Haut schälen konnte. Als auch das geschafft war, schnappte sie sich Duschmittel und Handtuch und ging zum Duschraum. Das Rauschen des Wassers und ein ohrenbetäubendes Hallen von Stimmen schlugen ihr entgegen. Zuerst sah sie im dichten Dampf gar nichts. Nur langsam erkannte sie schemenhaft nackte Körper, die unter den Duschen standen. Es war eine gemischte Dusche. Salome mochte das nicht, doch beim Orientierungslauf wurde das aus Platzgründen öfters so gehandhabt – Orientierungsläufer waren naturverbunden und unkompliziert. Endlich fand sie eine freie Brause. Sie drehte den Hahn auf und liess das warme Wasser auf sich niederprasseln.

In der OL-Beiz sassen Markus und Andy schon mit den anderen Clubmitgliedern an einem der langen Tische. Sie winkten Salome zu, und diese liess sich neben Andy auf die Bank sinken. «Ich habe dir schon mal eine Schorle bestellt», sagte Andy und schob ihr ein Glas hin. Dankbar nahm Salome es entgegen und leerte es in einem Zug. Andy grinste und stand auf, um ihr gleich noch ein zweites zu holen. Salome lächelte. Andy war heute so aufmerksam und liebenswert wie schon lange nicht mehr. Nach den Spannungen in den letzten Tagen kam ihr das fast unnatürlich vor. «Ach was», sagte sie sich. «Wir sind beide unter Druck. Ich habe die Testläufe für die WM-Selektion und Andy steht kurz vor dem Abschluss eines grossen Projekts in der Firma. Da gibt es schon mal Spannungen.» Sie sollte sich nicht so viele Gedanken machen und stattdessen einfach Andys Aufmerksamkeit geniessen.

«Siehst du, bei diesem Postenkreis hast du ein paar Sekunden verloren. Hier hättest du die Höhe halten können, wenn du quer gelaufen wärst.» Vereinspräsident Markus war über Salomes OL-Karte gebeugt und schaute auf die Zwischenzeiten auf ihrer OL-Uhr. «Dafür hast du Zeit gewonnen, indem du zwischen Posten fünf und sechs ein Stück auf dem Weg geblocht bist. Ein guter Schachzug, denn du bist schnell.» Salome nickte. Eigentlich wusste sie auch ohne Markus, wo ihre Schnitzer gelegen hatten, doch das war ihr in dem Moment egal. Sie hatte heute ihren sechsten Testlauf in Serie gewonnen und war dem Traum, der Qualifikation für die Weltmeisterschaft in Turku, ein grosses Stück näher gekommen. Andy kam mit der zweiten Schorle an den Tisch zurück. Dankbar für die Ablenkung fragte Salome: «Wo ist eigentlich Bea?» Sie sah sich nach ihrer Freundin um. Bea und sie hatten vor sechs Jahren zusammen mit dem OL-Training angefangen. Bea war zwar nicht so talentiert wie Salome und trainierte auch nicht so intensiv. Dennoch war sie dem Sport stets treu geblieben und eigentlich an jedem Lauf dabei. «Grippe», meinte Ursula, eine Anfängerin, die weiter unten am Tisch sass und gerade ihre Bahn der Kategorie Damen kurz mit einem anderen Mädchen aus dem Verein diskutierte. Andy, dem die Frage eigentlich gegolten hatte, hatte etwas Schorle verschüttet. Salome rückte zur Seite. «Ach», sagte sie, wobei ihr selbst nicht ganz klar war, ob sich dieses auf die verschüttete Schorle oder Bea bezog. Sie würde Bea später anrufen. Jetzt wollte sie erst mal entspannen und sich über ihren Sieg freuen. In dem

Moment kam die Kadertrainerin der Damen an den Tisch: «Toller Lauf, Salome. Wenn du so weitermachst, wirst du in Turku mitlaufen.» Salome strahlte.

In der Woche nach dem Testlauf bekam Salome Fieber. Wahrscheinlich habe ich es mit dem Training übertrieben, sagte sie sich und blieb zu Hause. Sie hatte Gliederschmerzen und ziemlich fiese Halsschmerzen. Sie legte sich ins Bett und dachte sich nicht viel dabei. Lustigerweise hatte es auch Andy erwischt, sodass die beiden Kranken viel Zeit am Telefon verbrachten. Beide wohnten noch bei ihren Eltern: Salome war noch in der Ausbildung und Andy, zwar seit einem Jahr erfolglos auf «Wohnungssuche», fühlte sich im Hotel Mama offensichtlich noch zu wohl. Nach einer Woche war Salomes Fieber abgeklungen und auch die Halsschmerzen hatten nachgelassen. Sie fühlte sich immer noch schlapp, schleppte sich aber wieder zur Uni, da sie auch wieder zum OL-Training wollte. Doch als die bleierne Müdigkeit nach einer Woche nicht nachliess und sich auch die Halsschmerzen zurückmeldeten, ging sie zum Hausarzt. Dr. Rüegg war ein älterer Herr, der schon seit Jahren Salomes Familie medizinisch betreute. «Ich muss wieder trainieren», sagte Salome flehentlich. «Wenn ich dieses Wochenende wieder nicht am Testlauf teilnehmen kann, habe ich meine Chance auf die WM-Qualifikation verpasst.» Der Arzt sah sie nachdenklich an. Er tastete ihre Lymphknoten ab und schaute ihr in den Mund. «Ich brauche eine Blutprobe», meinte er dann. «Bis wir das Resultat haben, sollten Sie sich schonen und nicht zum Training gehen.»

Als Salome wenige Tage später in Dr. Rüeggs Praxis anrief und er ihr das Resultat der Blutprobe mitteilte, war sie ausser sich. Sie hatte das Pfeiffersche Drüsenfieber. Was das bedeutete, wusste sie. Das Drüsenfieber war das Schreckgespenst jedes Sportlers und hatte schon manche Karriere schlagartig beendet. Salome kämpfte gegen die Tränen, als ihr der Arzt mitteilte, sie müsse sich schonen und dürfe in den kommenden Wochen keinen Sport treiben. Kaum hatte der Arzt das Gespräch beendet, startete Salome den Computer und googelte im Internet alle Informationen zum Pfeifferschen Drüsenfieber. Die Krankheit konnte sehr unterschiedlich verlaufen. Im besten Fall war sie mit Fieber, Halsschmerzen und grippeähnlichen Symptomen nach wenigen Wochen überstanden. Im schlimmsten Fall konnte sie zum Anschwellen der inneren Organe und zu einem Milz- oder Leberriss führen und die Patienten monatelang mit einer Vielzahl von weiteren Symptomen wie Appetitlosigkeit, Schwindel oder Depression massiv beeinträchtigen. In jedem Fall musste man sich körperlich schonen. Waren die akuten Symptome einmal überstanden, trug man das Virus für den Rest seines Lebens in sich, war nicht mehr ansteckend und hatte in der Regel auch mit keinen Symptomen mehr zu rechnen. Natürlich gab es auch Ausnahmen, über die

74

Salome mit wachsendem Grauen las. Es gab sogar einen Film auf Youtube über eine junge Langlauf-Athletin, die wegen der Krankheit ihre Karriere abbrechen musste. Das Drüsenfieber wurde durch das Eppstein-Virus verursacht, das über den Speichel übertragen wurde. Man nannte das Pfeiffersche Drüsenfieber daher auch Kissing-Disease.

Von wem ich es habe, ist wohl klar, dachte Salome. Bestimmt hatte Andy sie angesteckt. Schliesslich hatte er die gleichen Symptome wie sie. Sie musste ihn sofort warnen, dass vermutlich auch er die Kissing-Disease hatte. Salome griff schon zum Telefon, da durchfuhr sie ein Gedanke: Wo hatte Andy das Virus aufgelesen? Sie zog ihre Hand vom Telefon zurück. Die beiden Wochen vor dem letzten Orientierungslauf war das Verhältnis zwischen Andy und ihr eher kühl gewesen – auch im Bett hatte sich nicht viel getan. Dann, am letzten Lauf, war Andy plötzlich wieder so aufmerksam und anschmiegsam gewesen. Aber warum? Salome zermarterte sich das Hirn, die Kopfschmerzen waren zurückgekehrt. Wollte Andy mit seinem Verhalten vielleicht wieder etwas gutmachen? Hatte er etwa ein schlechtes Gewissen? Plötzlich war sich Salome fast sicher: Andy hatte etwas mit einer anderen gehabt. Und diese Frau hatte ihn angesteckt. Na, warte! Salome beschloss, den Dingen auf den Grund zu gehen und rief Andy nun doch an.

Der spielte den Ahnungslosen. Er gab sich ganz betroffen, dass Salome das Pfeiffersche Drüsenfieber hatte. Sein Heucheln brachte Salome dermassen auf die Palme, dass sie ihn darauf direkt mit ihrer Anschuldigung konfrontierte: Er sei fremdgegangen und habe sie dann angesteckt. Andy reagierte konsterniert. Wie kam sie denn auf so was? «Du warst am letzten Lauf plötzlich so … so lieb», sagte sie und musste selbst zugeben, dass sich das etwas grotesk anhörte. Er schnaubte: «Also, wenn ich lieb zu dir bin, dann heisst das, dass ich fremdgehe. Sag mal, hast du sie nicht mehr alle?» «Du musst zugeben, dass du in der Zeit vor dem Lauf ziemlich kühl und distanziert warst», beharrte Salome. «Ich hatte Stress im Büro», presste Andy hervor, «das weisst du. Selbst wenn ich hätte fremdgehen wollen, hätte ich dafür gar nicht die Zeit gehabt. Am letzten Lauf habe ich mich über deinen Erfolg gefreut. Ausserdem habe ich am Freitag im Büro einen wichtigen Vertrag für unser Projekt unterzeichnet und war dementsprechend erleichtert und beschwingt. Aber das interessiert dich ja nicht. Bei dir dreht sich alles nur um dich!» Andys Stimme war immer lauter geworden. Salomes Kopf dröhnte. «Ach so, es dreht sich alles nur um mich. Aber weisst du was, du bist nicht der Einzige, der Stress hat; ich stehe kurz vor der Weltcup-Qualifikation. Aber das ist natürlich nicht so wichtig wie der Bürostress des Herrn Projektleiters!» Salome hatte sich so richtig in Fahrt geredet. «Immer versteckst du dich hinter der Arbeit!» Am anderen Ende der Leitung blieb es lange still. Dann sagte Andy ganz ruhig: «Weisst du was, Salome, ich habe keine Lust mehr auf dieses Gespräch. Du brauchst Ruhe. Wenn du wieder zur Vernunft gekommen bist, kannst du mich ja anrufen.» Salome hörte das Besetztzeichen. Andy hatte tatsächlich aufgelegt. Noch immer hielt sie das Telefon in der Hand. Ihr Puls raste. Sie hasste es, wenn Andy sie so von oben herab behandelte.

Salome brauchte jemanden zum Reden, jetzt sofort: Sie musste mit Bea sprechen. Schon längst hätte sie sich bei der Freundin melden sollen. Salome wählte die Nummer und brach, als sie die vertraute Stimme der Freundin hörte, in Tränen aus. «Andy und ich haben uns gestritten.» «Ach, das tut mir leid», sagte Bea mit sanfter Stimme. «Was war denn los?» Salome erzählte ihr von den Spannungen, vom Pfeifferschen Drüsenfieber und vom Streit. «Der Dreckskerl hatte eine andere und mich dann mit dem Fieber angesteckt, und nun kann ich die Weltcup-Qualifikation vergessen.» Salome begann wieder zu schluchzen. Beruhigend sprach Bea wie zu einem kleinen Kind auf sie ein: «Na, na, jetzt beruhige dich erst mal. Vielleicht hat Andy gar nicht das Pfeiffersche Drüsenfieber und du hast dich auf eine andere Art angesteckt.» «Er hat die gleichen Symptome wie ich», beharrte Salome und legte empört nach: «Ausserdem habe *ich* mit niemand anderem rumgeknutscht.» «Nein, natürlich nicht», beschwichtigte sie Bea. «Aber vielleicht hast du aus einem fremden Glas getrunken oder wurdest sonst irgendwie über Tröpfchen angesteckt.» Auch Bea kannte sich offensichtlich mit dem Pfeifferschen Drüsenfieber aus. «Hm.» Salome war wenig überzeugt. «Als meine Schwester das Pfeiffersche hatte, war sie nach zwei bis drei Wochen wieder fit», fuhr Bea fort. Das fand Salome schon tröstlicher, obwohl Beas Schwester die Krankheit bereits im Kindesalter gehabt hatte, in dem sie in der Regel harmlos verläuft. Bea rechnete Salome vor, dass sie durchaus Chancen auf den Weltcup hatte, wenn sie bald wieder gesund würde, und ermutigte Salome, so gut sie konnte. «Schlaf erst mal drüber», meinte sie zum Schluss, «morgen sieht alles wieder besser aus.»

Als Salome das Gespräch beendet hatte, fühlte sie sich etwas besser. Sie legte das Telefon auf den Nachttisch und sank in ihr Kissen zurück. Bea war immer für sie da, wenn sie sie brauchte. Nicht wie sie selbst. Ob sie wirklich so selbstsüchtig war, wie Andy ihr das vorwarf? Da fiel Salome ein, dass sie Bea gar nicht gefragt hatte, wie es ihr ging. Schliesslich war die Freundin nicht zum letzten Lauf gekommen, weil sie krank gewesen war. Salome hätte sich längst bei ihr melden sollen. Was Bea wohl gehabt hatte? Vielleicht war sie immer noch krank und hatte einfach nichts gesagt. Am Telefon hatte ihre Stimme ganz normal geklungen. Sie hatte auch nicht gehustet. Eine Erkältung war es also mit Sicherheit nicht. Aber was dann? Ob

Bea etwa auch das Pfeiffersche … So ein Quatsch, schalt sich Salome. Dennoch liess sie dieser Gedanke nicht los. Am Telefon hatte Bea Salomes Krankheit hinuntergespielt und Andy in Schutz genommen. Wusste sie etwas? Hatte etwa sie etwas mit Andy gehabt und ihn angesteckt? Bea war doch schon immer eifersüchtig gewesen auf sie beide. Salomes Kopfschmerzen kamen zurück. Auf einmal erinnerte sie sich an eine Szene vom letzten Lauf. Andy war mit einem Glas Schorle für sie an den Tisch gekommen, als sie nach Bea fragte. Als er Beas Namen hörte, hatte Andy etwas Schorle verschüttet. Das war doch kein Zufall … Salome wurde ganz heiss. Diese Schlange! Doch dieses Mal griff sie nicht zum Telefon. Von Bea konnte sie kaum die Wahrheit erfahren. Sie musste sich erst einen Plan zurechtlegen.

Die folgenden Tage wechselten Salomes Gefühle zwischen Wut, Enttäuschung und Schmerz. Sie wusste nicht, was sie tun sollte, und kämpfte zugleich gegen Kopfschmerzen und eine bleierne Müdigkeit. Auf einen Schlag hatte sie ihre OL-Karriere, ihren Freund und ihre beste Freundin verloren. Weder Andy noch Bea meldeten sich bei ihr. Ein Beweis ihrer Schuldgefühle, wie Salome fand. Eines Abends rief Markus, der Präsident des OL-Vereins an. «Hallo Salome, wie gehts dir?» «Beschissen», sagte Salome. Für einen kurzen Moment hatte sie gehofft, der Anruf käme von Andy oder Bea. Markus schwieg. «Das muss alles sehr hart für dich sein», sagte er dann. Salomes Stimme zitterte: «Ja.» Dabei wusste sie selbst nicht, was für sie das Schlimmste war: der OL-Weltcup, an dem sie nun definitiv nicht würde teilnehmen können, der Streit mit Andy oder die Funkstille mit Bea. «Wir sind im Moment ziemlich reduziert bei der OLG Pfäffikon. Bea ist auch immer noch krank.» «So», sagte Salome. Sie platzte fast vor Neugier. Endlich würde sie die Wahrheit erfahren. Sie zwang sich, ihre Stimme ruhig zu halten. «Was hat sie denn?» «Ja, weisst du das etwa nicht?», fragte Markus verwundert. «Sie hat eine kalte Lungenentzündung erwischt. Muss sich noch weitere zwei Wochen schonen. Zum Glück wars bei Andy nur eine Grippe. Er trainiert die Junioren seit letzter Woche wieder.» Salome war wie vor den Kopf gestossen. «Bist du noch da?», fragte Markus. «Jaja», krächzte sie. «Ich habe nur solche Kopfschmerzen», log sie. «Na, dann leg dich wieder hin», sagte Markus sanft. Salome nickte. «Danke, dass du angerufen hast.» Sie beendete das Gespräch und liess sich in ihr Kissen fallen.

Salome wusste nicht, ob sie sich mehr freuen oder schämen sollte. Weder Andy noch Bea hatten das Pfeiffersche Drüsenfieber. Sie hatte sich da in etwas hineingesteigert und die beiden Menschen, die ihr am nächsten standen, zu Unrecht beschuldigt. Sie schämte sich so. Sie griff zum Telefon. Als Erstes würde sie sich bei Bea melden. Das war einfacher, denn zum Glück hatte sie ihren Verdacht

Bea gegenüber nicht geäussert. Trotzdem war es Salome peinlich, dass sie sich so lange nicht bei der Freundin gemeldet hatte, nachdem Bea sie doch am Telefon so verständnisvoll und selbstlos aufgebaut hatte. Dabei war es Bea selbst ja auch nicht gut gegangen. «Hallo Salome!» Salome schien es, Beas Stimme sei etwas distanziert. «Bea, wie geht es dir?» Pause. Dann Bea, gekränkt: «Mensch, ich dachte, du würdest dich nie mehr melden und nie fragen.» Salome war ehrlich zerknirscht. «Ich war so mit meiner eigenen Krankheit und mit der OL-WM beschäftigt ...» Bea seufzte: «Das habe ich gemerkt.» Salome gab sich einen Ruck: «Es tut mir leid, Bea. Aber warum hast du denn letztes Mal am Telefon nichts gesagt?» Bea schwieg einen Moment. «Du warst einfach so aufgelöst, da schien mir mein Befinden nicht so schlimm. Und» … sie zögerte … «vielleicht hatte ich einfach gehofft, dass du von dir aus fragen würdest, wie es mir geht. Du wusstest ja, dass ich nicht am letzten Lauf war.» Salome schwieg beschämt. Das war Beas Art, ihr zu sagen, dass sie eine egozentrische Kuh war – und Bea hatte Recht. Obwohl sie wusste, woran Bea erkrankt war, liess sie sich von ihr alles über ihre kalte Lungenentzündung erzählen und erfuhr, dass sie ebenfalls noch nicht zum OL-Training gehen konnte. «Und wie ist es zwischen dir und Andy?», fragte Bea. «Er hat gar kein Pfeiffersches Drüsenfieber», sagte Salome zerknirscht. «Ach!»

Das war offensichtlich neu für Bea. «Dann musst du ihn anrufen, jetzt sofort.»

Gleich danach rief Salome Andy an. Er nahm das Gespräch erst beim siebten Klingelton an. «Hallo? Ah, Salome», sagte er mit einem kühlen Unterton, «welche Überraschung.» Salome schluckte. Er würde es ihr offenbar nicht leicht machen. «Andy, ich, ich … wie geht es dir?» «Wie meinst du das jetzt?» Andys Stimme war noch frostiger geworden. Salome lachte angespannt. «Ich meine, wie läuft es mit dem Juniorentraining?» Andy schwieg für einen Moment. «Du weisst also, dass ich wieder trainiere?» «Ja, Markus hat es mir erzählt», gestand Salome. «Du hattest gar nicht das Pfeiffersche Drüsenfieber, sondern die Grippe.» «So ist es.» Andys Stimme klang immer noch feindselig. «Andy», Salomes Stimme zitterte, «es tut mir so leid, was ich zu dir gesagt habe. Ich weiss nicht, was in mich gefahren ist. Ich war einfach so enttäuscht wegen der Weltcupqualifikation, und dann dachte ich, da die Krankheit ja auch ‹Kissing-Disease› genannt wird, dass ich sie nur von dir haben konnte, und …» Salome hörte, wie Andy am anderen Ende des Apparats die Luft ausstiess. «Du hast mir damit ganz schön wehgetan, weisst du.» Salome schwieg. «Ich weiss, dass wir Spannungen hatten», fuhr Andy fort, «aber das hatte doch nur mit unseren ehrgeizigen Plänen zu tun. Ich habe mich nie für eine andere interessiert. Du warst und bist die Einzige für mich.» Salome begann zu schluchzen: «Ach, Andy. Kannst du mir verzeihen?» Einen Moment blieb es still in der Leitung. «Nur unter einer Bedingung», sagte Andy ernst. «Und die wäre?» Salomes Nerven waren zum Zerreissen gespannt. «Ich möchte wissen, wie *du* dich mit dem Pfeifferschen Drüsenfieber angesteckt hast.» Es folgte eine Pause, dann brach Andy in schallendes Gelächter aus. Es war dieses glucksende, unverfälschte Andy-Lachen, das ansteckender war als jede Krankheit dieser Welt und in das Salome dankbar einstimmte.

Shit happens

Es war einmal an einem Montagmorgen auf dem Berg Helikon. Apoll, der Gott der Künste, lebte und arbeitete dort mit seinen neun Musen. Er war mit dem linken Fuss aufgestanden und der Verlauf der ersten Sitzung an diesem Morgen war auch nicht gerade erheiternd. Apoll hatte die Muse Klio für eine besondere Mission zu sich gebeten.

«Wieso soll ich diesen Idioten küssen?» Klio machte keinen Hehl daraus, was sie von Apolls Auftrag hielt. Sie bildete sich etwas auf ihre Inspiration ein und hauchte sie nicht jedem dahergelaufenen Menschen ein. Der Kandidat, den Apoll für sie ausgesucht hatte, gefiel ihr gar nicht. Es war ein hässlicher, wütender Mann. Klio hatte nicht die geringste Lust, ihn zu küssen. Und überhaupt, was sollte dieser Typ schon mit der Kunst der Geschichtsschreibung und Heldendichtung anfangen? Ebenso gut hätte man Perlen vor die Säue werfen können. Sollte doch ihre Schwester Thalia, die Muse der komischen Dichtung und Unterhaltung, den Mann küssen und damit etwas Fröhlichkeit auf seine hässliche, wütende Visage zaubern. «Er hat Macht», sprach Apoll eindringlich. «Er kann Weltgeschichte schreiben. Du könntest ihm dabei helfen.» «Ich küsse diese Kröte nicht», sagte Klio, «das ist mein letztes Wort!» Sie stolzierte davon. Apoll seufzte. Es war nicht leicht, seine neun Musen zu führen. Von all seinen Geschäftsfeldern – Apoll war ausserdem für das Licht, die Heilkunst, den Frühling, die sittliche Reinheit und Mässigung, die Weissagung und die Bogenschützen zuständig – waren die Künste das schwierigste. Sie waren in den letzten Jahren stark unter Druck geraten, und zwar aus folgendem Grund.

Die Menschen auf der Erde waren verrückt nach Inspiration. Körperliche Arbeit war in den vergangenen Jahrzehnten weitgehend durch Maschinen und Roboter ersetzt worden. Computer, die man bis zum Rand mit Daten füllte, arbeiteten zuverlässiger als Menschen. Durch die Globalisierung wurden die Produktionsschritte bis in die kleinsten Einheiten zerlegt und auf die ganze Welt verteilt. Was nicht von Maschinen, Robotern und Computern ausgeführt werden konnte, wurde von den Arbeiterinnen und Arbeitern in den sogenannten Schwellenländern übernommen. Die Erstweltländer kümmerten sich um die Dienstleistungen und Entwicklungen und die Entwicklungsländer mussten sich mit Abfällen und Almosen begnügen. Kein Wunder, dass da die Menschen in der Ersten Welt nervös waren. Sie hatten in dieser Hackordnung am meisten zu verlieren. Wer nicht auf dem neusten Wissensstand und nicht kreativ war, um Produkte weiterzuentwickeln, blieb auf der Strecke. Der Weltmarkt brauchte Ideen – doch woher nehmen? Nebst fachlichen Weiterbildungen florierten Bücher und Seminare über Kreativitätstechniken. Die

Menschen gaben dafür viel Geld aus. Kurz: Die Inspiration war das Gold des 21. Jahrhunderts.

Apoll, der ein gutes Gespür für Trends hatte, nahm diesen auf und verfolgte das Ziel einer inspirierten Menschheit. Ein ehrgeiziges Projekt, das einen langen Atem brauchte. Er erstellte eine Roadmap und hatte bereits mit der ersten Umsetzungsphase begonnen. In dieser Phase galt sein besonderes Augenmerk den Führungskräften in Wirtschaft und Politik. Diese Leute brauchten Inspiration ganz besonders, um die Gesellschaft voranzubringen, mussten aber als Gegenleistung auch wieder mehr Verantwortung übernehmen. Da war göttliche Fügung gefragt. Allerdings hatte Apoll seine Rechnung ohne die Musen gemacht. Es war nun mal Tatsache, dass es auf dem Berg Helikon nur neun Musen gab, und die hatten ihren eigenen Kopf. Sie wussten, wie begehrt ihre Küsse waren, und das spielten sie gegen Apoll aus. Ausserdem waren Musen mussevolle Wesen; sie liessen sich nicht zur Eile antreiben und dachten nicht daran, ihre Produktivität zu erhöhen.

Apoll hatte auch die horrende Nachfrage der Menschen aus der ersten Welt unterschätzt. Wer von ihnen keine Ideen hatte, versuchte sich Inspiration zu erkaufen, indem er um die Gunst der Musen warb. Seit der Jahrtausendwende waren täglich ganze Lastwagen voller Bestechungsgelder und Geschenke auf dem Berg Helikon angeliefert worden: tonnenweise Schmuck, Kleider und Autos, ja sogar eine Yacht und ein vergoldeter Lustpavillon. Der Berg war inzwischen von all dem Kram so stark angewachsen, dass die Luft für Apoll und die neun Musen dünn geworden war. Die anfängliche Begeisterung der Musen über die Geschenke war längst in Überdruss umgeschlagen. Sie waren nicht bereit, ihre Gunst und damit ihre Kunst zu verkaufen.

Apoll war den Musen gegenüber in letzter Zeit oft nachsichtig gewesen. Aber dieses Mal war es ihm wichtig, dass sich eine von ihnen um den hässlichen, wütenden Mann kümmerte. Dieser war neu Regierungschef geworden und brauchte dringend göttliche Führung. Allerdings waren Apolls Bemühungen bisher vergeblich gewesen. Weder Klio noch Thalia, nicht einmal die sanfte Erato hatten sich erweichen lassen. Auch die anderen Musen, die Apoll zu sich bat, weigerten sich standhaft, den hässlichen, wütenden und mächtigen Mann zu küssen. Da meldete sich eines Tages Melpomene zu Apolls Überraschung freiwillig. Sie war die Muse der Tragödie und ihre Kunst war wenig beliebt. Ehrlich gesagt hätte Apoll sie von sich aus nicht mit diesem Auftrag auf die Erde geschickt. Er war sich auch jetzt nicht sicher, ob sie wirklich die geeignete Muse für diesen Regierungschef war. Aber er war gerade auf dem Weg ins nächste Meeting, um ein Personalproblem des Geschäftsfelds Bogenschützen zu besprechen. Hauptsache, jemand kümmerte sich um den Wüterich, dachte er und willigte ein. Hocherfreut ging Melpomene davon, um ihre Reise vorzubereiten. Endlich hatte sie wieder einmal einen Auftrag. Apoll rief ihr vorsichtshalber noch nach: «Aber hauch ihm noch keine Inspiration ein. Sondiere erst mal nur die Lage!» Doch Melpomene hörte ihn schon nicht mehr. Sie setzte entschlossen ihre Maske und den Weinlaubkranz auf, nahm Schwert und Keule und machte sich auf den Weg zur Erde.

Als Melpomene auf die Erde kam, war der hässliche, wütende Mann nicht zu Hause. Sein Diener, der sie zum Warten in den goldenen Salon führte, teilte ihr mit, der Regierungschef sei in der Wüste, um sich Raketentests anzusehen. Als Melpomene auf einem roten Plüschsofa im Salon wartete und durch eine Zeitung blätterte, las sie über die Demonstrationen in der Stadt, die es am Tag davor wegen der Raketentests gegeben hatte. Der Wüterich war mit aller Macht dagegen vorgegangen und hatte die Demonstranten verprügeln und festnehmen lassen. Im Auslandteil der Zeitung war immer noch von internationalen Protesten zu lesen, die es wegen der Wiedereinführung der Todesstrafe gab. Dabei hatte der Regierungschef diese schon vor zehn Tagen eingeführt. Letzte Woche hatte er den Vertrag für den Bau einer Mauer auf der Grenze zu seinem Nachbarland unterzeichnet. Auch das wurde in der Zeitung immer noch scharf kritisiert. Je mehr Melpomene las, desto tiefer sank ihre Moral.

Im Grunde war sie hier fehl am Platz. Der Regierungschef war offensichtlich ein Meister der Tragödie. Auch ohne ihr Zutun verbreitete er auf Schritt und Tritt Jammer und Schrecken. Melpomene fand, dass sie mit ihrem Kuss bei ihm nichts mehr ausrichten konnte.

Sie wollte gerade aufstehen und gehen, als die Gattin des Wüterichs in den Salon kam. Sie war wunderschön und bot Melpomene einen Kaffee an. Die beiden Frauen unterhielten sich angeregt über die schönen Dinge, die den goldenen Salon schmückten. Doch viel mehr als der Salon faszinierte Melpomene die Eleganz der Gattin. Die Muse war hingerissen von deren glänzendem Haar, der makellosen Haut und der hellen, klaren Stimme. Nachdem die beiden Frauen auch über Kleider und Schmuck gesprochen hatten, gewann ihr Gespräch an Tiefe. Sie sprachen über Weltpolitik, Beziehungen und den Sinn des Lebens. Dabei wuchs Melpomenes Bewunderung für die Gattin immer mehr. Diese war nicht nur schön, sondern auch intelligent. Während die Gattin ihre Ansichten darlegte, konnte Melpomene ihren Blick kaum von deren sinnlichem Mund und den zarten Händen abwenden. Nach zwei Stunden – der hässliche, wütende Regierungschef war noch immer nicht von den Raketentests zurück – stand Melpomene nur widerwillig auf. Es war an der Zeit, auf den Berg Helikon zurückzukehren. Sie lächelte die Gattin an und bedankte sich herzlich für deren Gastfreundschaft. «Kommen Sie wieder», sagte die Gattin. Das freute Melpomene und sie beteuerte: «Sie sind mir in dieser kurzen Zeit eine wahre Freundin geworden.» Dann umarmte die Muse die Gattin und küsste sie zum Abschied auf den Mund.

Es war einfach so passiert. Melpomene wusste selbst nicht warum. Erst auf dem Heimweg begann sie sich Gedanken über die Konsequenzen ihres Kusses zu machen. Was nun wohl geschehen würde? Als sie auf den Berg Helikon zurückkehrte, sagte sie ausweichend zu Apoll, der Fall sei erledigt, womit sich dieser nur zu gerne zufrieden gab. Dann setzte sich Melpomene auf den Ausguck und begann die Geschehnisse auf der Erde zu beobachten.

Die Gattin des Regierungschefs wirkte unruhig. Sie ging im goldenen Salon auf und ab und verschwand plötzlich in der Küche. Mit wachsender Neugierde beobachtete Melpomene, wie die Gattin dort Pulver abmass und Flüssigkeiten mischte. Was sie da wohl zusammenbraute und für wen? Es dauerte nicht lange, bis Melpomene die Antwort auf ihre Frage bekam. Der hässliche, wütende Regierungschef kam von den Raketentests zurück, worauf ihm die Gattin ein Glas Gift-Apéro verabreichte. Ahnungslos trank der Regierungschef davon. Melpomene war gespannt, was nun geschehen würde, doch das Gift schien dem hässlichen, wütenden Mann nichts auszumachen. Erst als sich der

Regierungschef und die Gattin in ihr Schlafgemach zurückzogen, wurde Melpomene klar, was die Gattin getan hatte. Als der Wüterich mit seiner Gattin schlafen wollte, wurde sein Glied trotz aller Bemühungen nicht steif. Rasend vor Wut über seine Impotenz wühlte er in den Laken, brüllte und boxte in die Kissen. Doch es nützte alles nichts. Am nächsten Morgen servierte die Gattin dem Regierungschef einen Kaffee mit einem weiteren Schuss Gift, das sie aus einem anderen Fläschchen genommen hatte. Melpomene rutschte auf ihrem Ausguck hin und her. Sie war gespannt, was nun kommen würde. Wieder schien das Gift dem Regierungschef auf den ersten Blick nichts auszumachen. Das Paar frühstückte schweigend. Erst als der Mann vom Tisch aufstand und seiner Gattin etwas sagen wollte, war Melpomene klar, was diese getan hatte. Der hässliche, wütende Mann brachte kein Wort heraus. Er hatte nicht nur seine Männlichkeit, sondern auch seine Stimme verloren. Melpomene gluckste vor Vergnügen. Als der Regierungschef am Abend nach Hause kam, servierte ihm die Gattin ein Feierabendbier mit einem dritten Schuss Gift. Der ahnungslose Mann trank es in grossen Zügen aus. Es schien ihm nichts auszumachen. Erst als er mit der Gattin den Salon verliess, um sich ins Schlafgemach zurückzuziehen, erkannte Melpomene die Wirkung des Gifts. Der hässliche, wütende Mann wusste nicht mehr, wo das Schlafgemach war. Schnurstracks ging er in die Küche, holte sich einen Käse aus dem Kühlschrank, nahm ihn wie einen Teddybären in den Arm und drückte ihn. Dann rollte er sich zum Schlafen neben den Schälchen mit Katzenfutter auf dem Küchenboden zusammen.

Melpomene war begeistert. Die Gattin hatte dem hässlichen, wütenden Mann innert Kürze seine Potenz, seine Stimme und seinen Verstand genommen. Das war Tragödie, wie sie im Buch stand. Melpomene war richtig stolz auf ihre Arbeit. Umso erstaunter war sie, als Apoll plötzlich neben ihr auf dem Ausguck stand und sie mit hochrotem Kopf in sein Büro zitierte. Kaum hatte er die Tür hinter sich geschlossen, brüllte er: «Was hast du dir bloss dabei gedacht? Du solltest dir einen Überblick über die Lage verschaffen und nicht den Regierungschef in einen kläglichen Wurm verwandeln!» Melpomene verstand die Welt nicht mehr: «Ja, aber ich habe ihn doch gar nicht geküsst.» Apoll sah sie entgeistert an. Hatte sie den Wüterich etwa ernsthaft küssen wollen? Er hatte es ihr doch ausdrücklich verboten! «Der Regierungschef war sowieso schon ein Meister der Tragödie», machte Melpomene einen Versuch, ihren vermeintlichen Ungehorsam zu verteidigen. Apoll kochte vor Wut. Melpomene hatte überhaupt nichts begriffen. Er hätte niemals zulassen dürfen, dass sie auf die Erde ging. Warum bloss hatte er sich nicht gegen Klio durchgesetzt? Klio oder Erato hätten den hässlichen, wütenden Mann mit ihrem Kuss auf die richtige Bahn lenken können. Aber etwas anderes war ihm nicht klar. «Ich verstehe nicht», sagte Apoll, «warum denn diese Wandlung des Regierungschefs?» Melpomene fühlte sich nicht mehr wohl in ihrer Haut. «Ich habe die Gattin geküsst», erklärte sie kleinlaut. Apoll wurde bleich. «Ach, du meine Güte!» Er musste sich setzen. «Es ist einfach so passiert!», piepste Melpomene kläglich. «Sei still!», schnauzte Apoll sie an. «Ich muss nachdenken.» Er konnte es nicht fassen, dass sie die Dreistigkeit besessen hatte, ohne Absprache mit ihm einem Menschen ihre Inspiration einzuhauchen. So etwas hätte keine der anderen Musen gewagt. Immerhin war Melpomene nicht so blöd gewesen, den Regierungschef zu küssen. aber warum um Himmels willen die Gattin? Diese war ja genauso skrupellos wie ihr hässlicher, wütender Mann. Wer wusste, was sie als Nächstes tat? Er musste ihrem Treiben Einhalt gebieten. Aber wie? Apoll beschloss, eine Besprechung mit allen Musen einzuberufen.

Kaum hatte er die Sitzung eröffnet und den neun Musen die Situation dargelegt, redeten alle wild durcheinander. Wie viel einfacher war es doch, dachte Apoll, eine Sitzung der Bogenschützen zu leiten. Diese akzeptierten ihn wenigstens als Autorität. Entnervt schlug er mit der Faust auf sein Pult: «Ruhe!» Um die Sitzung zu strukturieren, rief er eine Muse nach der anderen auf, damit sie einen Lösungsvorschlag machte. Doch stattdessen beleuchtete jede Muse das Problem von allen Seiten und lamentierte, wie schrecklich die Situation sei.

Zudem hackten alle auf Melpomene herum, die am ganzen Schlamassel schuld war. So kamen sie keinen Schritt weiter. Apoll hatte die Hoffnung auf eine Lösung schon fast aufgegeben, da machte plötzlich Erato, die Muse der Liebesdichtung, einen Vorschlag. Sie fühlte sich für den Missstand auf der Erde in gewissem Masse verantwortlich, da sie ihre Dienste am hässlichen, wütenden Mann verweigert hatte. Sie legte Apoll und ihren Schwestern einen Plan vor, der so raffiniert war, dass alle begeistert in die Hände klatschten. Apoll beauftragte sie sofort mit der Ausführung.

Erato war im Olymp gut vernetzt und hatte schon viele Projekte mit Amor, dem Gott der Liebe, realisiert. So veranlasste sie, dass Amor auf die Erde ging und dort seinen Pfeil auf die Gattin des Regierungschefs abschoss. Die Wirkung setzte sofort ein. Nach zehn Jahren Ehe verliebte sich die Gattin zum ersten Mal unsterblich in ihren eigenen Mann. Es war ihr endlich egal, dass er hässlich und wütend war. Sie liebte ihn von ganzem Herzen und hätte ihn auch genommen, wenn er bettelarm und Strassenfeger gewesen wäre. Nur seine Hilflosigkeit machte sie unendlich traurig. Wie gerne hätte sie sich mit ihm unterhalten und die Freuden der körperlichen Liebe genossen. Sie schämte sich dafür, dass sie ihren Mann mit ihren Gifttränken so zugerichtet hatte. Sie tat Busse, indem sie nicht nur ihn liebevoll pflegte und umsorgte. Mit seinem Geld gründete sie ausserdem eine Stiftung für

Menschen, die den Verstand verloren hatten. Der Regierungschef bekam von all dem nicht viel mit, liess aber alles willig über sich ergehen, solange man ihn mit seinem Käse neben den Katzenschälchen schlafen liess. Weil er nicht mehr zurechnungsfähig war, wurde er schon bald seines Amtes enthoben.

Auf dem Berg Helikon war man zufrieden mit dem Ausgang der Geschichte. Durch die Amtsenthebung des Regierungschefs war der Weg frei für einen Nachfolger. Nun lag es an der Bevölkerung, einen neuen, besseren Regierungschef oder eine -chefin zu wählen. Denn in die Demokratie der Menschen würden sich Apoll und seine Musen nicht einmischen – die war selbst den Göttern heilig.

Das Fondue

Sie standen an der Haustür an der Riedmattstrasse sechs. Das Reihenhaus der Grosseltern stammte aus den 30er-Jahren und war Nicole vertraut, seit sie ein kleines Kind war. Heute waren sie zum Mittagessen eingeladen. Seit sie vor 14 Monaten ins Austauschjahr nach Oregon abgereist war, war Nicole nicht mehr hier gewesen. Dennoch kam es ihr jetzt so vor, als wäre überhaupt keine Zeit verstrichen. Hinter jedem Busch und hinter jeder Tür lauerten die Erinnerungen.

Nicole hatte nicht mitkommen wollen, aber die Mutter hatte darauf bestanden. Dabei hatte ihr Nicole zum ersten Mal das von Grossvater erzählt. Nach all den Jahren war es ihr schwer gefallen, das Schweigen zu brechen. Doch die Mutter hatte ihr schlichtweg nicht geglaubt. Das bilde sie sich nur ein, hatte sie gesagt. Heute war Grossmutters Geburtstag und Mutter hatte Nicole gedrängt mitzukommen, Grossmami wolle sie nach der langen Zeit so gerne wieder sehen. Und so war Nicole trotz allem mitgegangen. Angespannt lauschte sie dem schlurfenden Schritt der alten Frau hinter der Tür. Der Schlüssel drehte sich im Schloss. «Hallo, Grossmami!», Andrea, Nicoles jüngere Schwester, ging auf die Grossmutter zu und drückte ihr einen Kuss auf die Wange. «Herzlichen Glückwunsch!» Sie überreichte ihr den Blumenstrauss, den Mutter gekauft hatte. «Danke, mein Kind», die Grossmutter sprach viel zu laut, wie das schwerhörige Menschen oft tun. Sie hatte sich offensichtlich zurechtgemacht, trug eine Bluse, und eine goldene Halskette mit einem grossen Anhänger zierte ihr immer noch üppiges Dekolleté. Sie küsste die Mutter und begrüsste dann Nicole mit einem feuchten Schmatz auf die Wange: «Wie schön, dass du wieder da bist, mein Kind. Kommt herein! Grosspapi ist noch im Dorf, er kommt etwas später.» Nicole atmete auf. Sie folgten der alten Frau ins Haus. Am Radio im Wohnzimmer lief das Wunschkonzert, die Penduluhr über dem Eichenbuffet schlug gerade zwölf. Der Tisch war festlich gedeckt. Andrea steuerte direkt auf den Salontisch mit den Illustrierten zu. Bei den Grosseltern gab es immer Heftchen zum Lesen. Nicole folgte ihr. Auf dem Schaukelstuhl in der Ecke lag noch die Stoffpuppe, die die Grossmutter einst in einem Puppenkurs für die Mädchen gemacht hatte. Als sie klein waren, hatten Nicole und Andrea oft damit gespielt. Man konnte ihr so schöne Frisuren machen. Auf dem Buffet lag eine Häkeldecke und darauf stand wie immer eine Porzellanschale mit Schokolade. Andrea griff hinein, wickelte eine Schokopraline aus der Folie und steckte sie sich in den Mund. «Nicht vor dem essen», mahnte Nicole. Andrea grinste verschmitzt, schnappte sich eine «Schweizer Illustrierte» und machte es sich auf dem Sofa bequem. Nicole tat es ihr gleich. Mutter und Grossmutter unterhielten sich in der Küche. «Der Hugentobler ist gestorben», hörte Nicole die Grossmutter sagen. «Nein, der war doch erst noch auf Weltreise!» Die Mutter schien fassungslos. Das geht ihr näher als das, was Grossvater mit mir gemacht hat, dachte Nicole bitter. Am Radio sangen sie den «Schacher Seppli». Andrea kicherte. «Schau mal, wenn du weiter trainierst, siehst du bald so aus!» Sie streckte Nicole ihre Illustrierte entgegen. Auf dem Bild waren Bodybuilder zu sehen, die ihre Muskeln in etwas verkrampft wirkenden Posen spielen liessen. «Haha!», machte Nicole. Ihre Statur war durch das regelmässige Training, mit dem sie in Amerika angefangen hatte, kräftiger geworden, aber sie wollte keine Bodybuilder-Figur. Es waren andere Gründe, die sie zum Kampfsport gebracht hatten. «Uhu!» der Grossvater war aus dem Dorf zurückgekommen. Nicoles Magen zog sich zusammen. Er hinkte. In der einen Hand hielt er eine baumwollene Einkaufstasche; in der anderen einen Stock. Seit wann hat er einen Stock?, dachte Nicole. Gebannt folgte ihr Blick dem alten Mann in die Küche, wo er seine Einkäufe ablieferte.

«Na, ihr beiden – alles klar?» Der Grossvater kam ins Wohnzimmer. Er drückte Andrea einen Kuss auf die Wange. Als er sich über Nicole beugte, drehte sie sich weg. «Grüsst man in Amerika nicht?», fragte er. Nicole antwortete nicht. «Bald gibts Essen», sagte er und setzte sich neben Andrea aufs Sofa. «Was liest du da?» «Ach, nichts.» Andrea steckte den Kopf wieder in ihre Illustrierte. Der Grossvater zeigte auf die Fotos der Bodybuilder: «Fast wie Nicole, hm?» Andrea nickte, ohne ihn anzuschauen. Nicole liess ihn nicht aus den Augen. «Na, dann schau ich mal in der Werkstatt unten zum Rechten.» Der alte Mann hievte sich wieder aus dem Sofa und hinkte davon. In der Tür drehte er sich zu Andrea um. «Willst du mir nicht helfen?» Diese schüttelte den Kopf und blieb sitzen. «Schade, ich habe extra ein Holzhäuschen für deine Meerschweinchen angefangen. Komm, ich zeigs dir.» Als Andrea immer noch sitzen blieb, wurde sein Ton scharf. «Na, komm schon!» Nun legte Andrea die Illustrierte doch auf den Tisch und folgte dem Grossvater langsam. «Ich komme auch mit», sagte Nicole schnell und erhob sich. Sie würde Andrea mit dem Grossvater nicht alleine lassen. In diesem Augenblick rief die Grossmutter nach ihr: «Nicole, kommst du mal?» Nicole blieb zögernd stehen. Ihr Blick folgte dem Grossvater, der den Arm um Andrea legte und diese durch die Tür in den Keller schob. In Nicole krampfte sich alles zusammen. «Nicole!» Grossmutter wurde ungeduldig. Der Grossvater drehte sich unter der Kellertüre nach ihr um. «Jetzt geh schon!», befahl er barsch. Zögernd ging Nicole in die Küche. Die Grossmutter hatte ein «Arbeitchen» für sie, wie sie es nannte. Nicole sollte das Brot schneiden. Offenbar gab es Käsefondue. Die Mutter schälte Orangen und Grossmutter schnippelte Birnen für den Obstsalat.

Nicole war nicht bei der Sache. Mit voller Kraft zerschnitt sie das weiche Weissbrot. Grossvater würde doch nicht … Nein, Andrea war nicht so wie sie. Sie würde sich wehren. Trotzdem, Nicole hätte sie mit ihm nicht alleine lassen sollen. «Halt, halt!», rief die Grossmutter und schreckte sie aus ihren Gedanken. «Nicht so viel. Wir sind ja nur zu fünft.» Nicole legte das Messer beiseite. «Schatz Gottes, kannst du bitte noch den Kompost rausbringen?» Grossmutter war wohl noch der einzige Mensch auf der Welt, der jemanden «Schatz Gottes» nannte, dachte Nicole. Wortlos nahm sie den grünen Eimer und ging durch die Küchentür in den gefangenen Hinterhof. Sie musste sich beeilen, damit sie nachher im Keller nach Andrea sehen konnte. Als sie wieder in die Küche zurück wollte, war der Grossmutter die Schüssel mit dem Obstsalat aus der Hand gefallen. Die Mutter fegte die Glasscherben mitsamt den Orangen-, Birnen-, Bananen- und Apfelstücken auf dem Boden zusammen. Nicole war ausgesperrt.

Endlich war die Küche wieder passierbar. Nicole ging über den klebrigen Boden ins Wohnzimmer. Der Grossvater sass mit der Zeitung im Schaukelstuhl. Für einen Moment atmete Nicole auf. Aber wo war Andrea? Nicole ging auf den Flur. Andrea war nicht zu sehen. «Essen ist fertig!», rief nun die Grossmutter aus der Küche. Nicole blieb im Flur stehen und wartete. Da öffnete sich die Tür zum Badezimmer. Andrea kam heraus. Es war dunkel im Flur, Nicole konnte das Gesicht ihrer Schwester nicht sehen. Andrea schniefte und ging an ihr vorbei ins Wohnzimmer. Nicole folgte ihr stumm.

Der Grossvater und die Mutter sassen schon am Tisch. Er hantierte mit dem Rechaud. «Brennt es schon?», rief die Grossmutter aus der Küche. «Kannst kommen», brummte er. Die Grossmutter kam mit der Pfanne, die bis zum Rand mit der hellgelben Käsemasse gefüllt war. Sie ging schnell, die Pfanne war offensichtlich schwer. Sie setzte sie auf dem Rechaud ab und sofort begann die Masse wieder zu köcheln, sodass sich an der Oberfläche Blasen bildeten. «Schnell, Kinder, nehmt ein Stück Brot und rührt um, sonst hockt der Käse an», drängte die Mutter. «Ich mag die Kruste am liebsten», erklärte Nicole, als sie mit ihrer Gabel im Käse rührte. «In der Schule sagen sie der Kruste, die am Schluss am Boden zurückbleibt, ‹Grossmutter›.» Grossmutter tat empört, aber auch sie konnte sich ein Schmunzeln nicht verkneifen. «Hast du in Oregon auch mal Käsefondue gegessen?» Endlich kam das Gespräch auf Nicoles Austauschjahr. «Nein», erwiderte sie, «aber einmal haben wir Schokoladefondue gemacht. Das war ein grosser Erfolg.» Die Grossmutter fragte noch ein paar Sachen über Amerika und die Gastfamilie. Sie wollte wissen, ob man in Amerika auf der linken oder rechten Strassenseite fuhr, ob die Amerikaner eine Krankenkasse hätten und was Nicoles Gastvater arbeitete. Nicole fand diese Fragen etwas seltsam und unbedeutend im Vergleich zu ihren persönlichen Erlebnissen in den Staaten; trotzdem freute sie sich über das Interesse und vergass im Gespräch ihre Sorge um Andrea. Erst als das Gespräch wieder auf den verstorbenen Hugentobler kam, fiel Nicole auf, dass Andrea die ganze Zeit kein Wort gesagt hatte. Verstohlen schaute sie zu ihrer Schwester. Diese starrte nur auf ihren Teller und stach mit ihrer Fonduegabel auf die Brotstücke ein. Nicole besann sich auf die Szene vor dem Essen. Andrea und der Grossvater waren doch nur ganz kurz im Keller gewesen. Hatte Andrea etwa im Bad geweint? Grossvater hatte doch nicht … Nein, das konnte nicht wahr sein. Sie, Nicole, war diejenige, auf die er es abgesehen hatte. Sie hatte Andrea jahrelang beschützt. Nicole dachte an ihre Zeit in Oregon. Wenigstens bis zu ihrem Austauschjahr. Sie beobachtete, wie Andrea unter grosser Anstrengung ein Brotstück aufspiesste und damit in der Pfanne rührte. Plötzlich wurde ihr klar: Sie war ein ganzes Jahr lang weg gewesen. Sie hatte Andrea mit ihm allein gelassen. Nicole betrachtete ihre fröhliche, lebenslustige kleine Schwester: Sie sass nun wie eine Hülle ihrer selbst am Tisch. Und Nicole war plötzlich klar, was passiert war.

Die Grossmutter stand auf und ging mit dem leeren Korb in die Küche, um mehr Brot zu schneiden. «Du hast dein Brot verloren», sagte die Mutter zu Andrea, «jetzt musst du dem Grosspapi aber einen Kuss geben.» «Nein», erwiderte Andrea trotzig. «Komm schon, gib ihm einen Kuss, er holt dir dein Stück wieder heraus.» «Nein», wiederholte Andrea, «das mach ich selber.» Sie schickte sich an, mit ihrer Gabel in der Käsemasse nach ihrem verlorenen Brotstück zu suchen. Doch der Grossvater war ihr zuvorgekommen. Triumphierend hielt er Andreas Brotstück auf seiner Gabel. «Das kostet einen Kuss für Grosspapi», sagte die Mutter. Andrea legte die Fonduegabel nieder und verschränkte die Arme: «Ich will nicht.» «Na, komm schon», knurrte der Alte. «Jetzt lasst sie doch, wenn sie nicht will», schaltete sich Nicole ein. «Das ist die Regel beim Fondue. Jetzt komm schon Andrea, gib Grosspapi einen Kuss», befahl die Mutter. Andrea sagte nichts mehr. Sie sass nur da und schwieg. «Andrea, gib mir einen Kuss!» Der Unterton des Grossvaters hatte etwas Bedrohliches. Andrea biss sich auf die Lippe. Da stand der Grossvater auf, ging um den Tisch herum und riss sie an den Schultern vom Stuhl hoch. Das war zu viel für Nicole. Sie sprang auf, ihr Stuhl fiel rückwärts auf den Boden. «Fass sie nicht an, du Schwein!» «Nicole, was soll das!» Die Mutter starrte sie an. Die Grossmutter, die den Tumult gehört hatte, kam aus der Küche: «Was ist denn los?» Niemand antwortete. Blitzschnell war Nicole beim Grossvater. Die Fonduegabel hielt sie mit der rechten Hand fest umklammert. «Hast du gehört, was ich gesagt habe? Lass sie los! Du hast schon genug angerichtet, du verdammter Sauhund!» Der Grossvater liess von

Andrea ab. Er wandte sich zu Nicole und erhob wutentbrannt die Faust: «Wie kannst du es wagen ...» Grossmutter schrie auf: «Werner, nein!» In dem Moment stach Nicole mit der Fonduegabel zu. Wie wild hieb sie wieder und immer wieder auf den Grossvater ein. Dieser nahm die Hände vors Gesicht, doch zu spät. Nicole hatte ihn schon am Auge getroffen. Der alte Mann heulte auf vor Schmerz. Er stolperte und fiel mit dem Oberkörper auf den Tisch. Die Grossmutter fasste Nicole am Arm: «Nein!» Sie war kreidebleich vor Entsetzen. Nicole stiess sie weg. Die alte Frau schlug gegen das Eichenbuffet und ging wimmernd zu Boden. Nicole packte den Grossvater am Schopf. Sie war wie von Sinnen. Sie würde dieses Schwein vernichten. Nie mehr würde er sie oder Andrea anrühren. Nie mehr. Rasend vor Zorn riss sie seinen Kopf hoch und drückte diesen mitten in die blubbernde heisse Käsemasse auf dem Tisch. «Aufhören!», schrie die Mutter, die sich inzwischen wieder gefasst hatte und ihrem Vater zu Hilfe kommen wollte. Heulend versuchte sie, ihre Tochter vom alten Mann wegzuzerren. Für einen Moment lockerte Nicole ihren Griff. Der Grossvater schaffte es, den Kopf aus dem Caquelon zu ziehen. Es kippte vom Rechaud und der heisse Käse ergoss sich über den Tisch. Nicole schrie ihre Mutter an: «Du musst es doch mitbekommen haben all die Jahre!» Sie versetzte ihr mit den Beinen einen Tritt, der diese aufheulen und zu Boden sinken liess. «Du hast nichts gemacht, nichts!» Die Kampftechnik, die sie in Amerika gelernt hatte, war Nicole in Fleisch und Blut übergegangen. Zudem verlieh ihr der Zorn, dem die ganzen Demütigungen, die Scham und die Angst der vergangenen Jahre gewichen waren, übermenschliche Kräfte. Blitzschnell wandte sie sich wieder dem Grossvater zu, der blind und mit von Blut und Käse überströmtem Gesicht und erhobener Faust auf sie zuwankte. Gerade wollte sie zu einem Schlag ausholen, da sackte der Alte leblos zusammen. Fassungslos sah Nicole auf den leblosen Körper hinunter. Als sie aufsah, traf sich ihr Blick mit dem ihrer Grossmutter. Die alte Frau hielt den Stiel des Caquelons immer noch mit beiden Händen fest umklammert. Niemand sagte etwas. Die Pendeluhr über dem Eichenbuffet schlug halb eins.

Bravo Barbara!

Barbara hatte die «Bravo» von ihrer Schulkollegin Moni erhalten. Sie selbst hätte sich nie getraut, das Magazin für Jugendliche am Kiosk zu kaufen. Sie lag auf ihrem Bett, neben sich den 12. Band von Enid Blytons Internatsserie «Dolly». So würde sie die «Bravo» schnell verschwinden lassen können, wenn jemand reinkam, und so tun, als ob sie das Buch lese. In den 1980er-Jahren, als es noch kein Internet und keine sozialen Netzwerke gab, war die «Bravo» immer noch das Aufklärungsmedium Nummer eins. Zwar hatte Barbara von ihrem Onkel Rolf mal ein Buch mit dem Titel «Andreas fragt» geschenkt bekommen, aber das war für Kinder. Und sie konnte nie richtig verstehen, warum sich Mann und Frau, wenn sie sich liebten, nackt auszogen und aufeinanderlegten. Man konnte sich doch auch angekleidet gern haben. Irgendwie musste da noch mehr dahinterstecken. Für solche Fragen bot die «Bravo» bedeutend mehr Substanz als Onkels Aufklärungsbuch. Die Ausgabe, die Barbara vor sich hatte, war schon ziemlich zerfleddert und das Poster in der Mitte fehlte. Schade, es wäre eins von Shakin' Stevens gewesen. Aber sie war schon die fünfte, die diese «Bravo» las. Vor Moni hatten sie bereits Jacqueline, Sandra und Nicole gelesen. Barbara liebte die Foto-Storys: Die Mädchen zickten rum, sie ritten Pferde und spannten sich gegenseitig die Jungs aus. Das war genau wie bei ihr in der Sekundarschule. Gespannt wartete sie jeweils auf die nächste Folge. Als Erstes aber las sie immer die Spalte von Dr. Sommer. Sie fand es unglaublich, dass es Jugendliche in ihrem Alter gab, die schon sexuelle Erfahrungen gemacht hatten und erst noch wagten, Fragen über Sex zu stellen. Moni meinte, Dr. Sommers Tipps in dieser «Bravo» seien eine gute Vorbereitung für den Fez bei ihr am Samstag. Sie würden das Flaschenspiel spielen. Bei Dr. Sommer ging es nämlich ums Küssen. Eine «Bravo»-Leserin wollte vom Sex-Berater wissen, wie sie mehr Abwechslung beim Küssen reinbringen konnte. Barbara hatte noch nie einen Jungen geküsst. Ihre Eltern gaben sich immer nur einen trockenen Kuss auf die geschlossenen Lippen. Dr. Sommer beschrieb eine Vielfalt von Techniken, wie etwa den französischen Kuss, den Nackenknabberer, den Schmetterlingskuss und viele andere. Knabbern, lecken, saugen – ja sogar beissen gehörte offenbar zu den gängigen Praktiken. Richtig eklig fand Barbara den Knutschfleck. Offenbar war beim Küssen alles erlaubt!

Monis Fez fand im Bastelkeller der Familie Schmid statt, mit Discokugel und bunten Glühbirnen. Zum ersten Mal tanzte Barbara mit ein paar der Jungs aus ihrer Klasse. Sie hielt sie an den Schultern und die Jungs Barbara an der Taille – auf Armlänge. Und sie drehten sich einigermassen im Takt der Musik, indem sie von einem Bein aufs andere traten. Barbara hätte gerne mit Bruno getanzt. Doch sie getraute sich nicht, ihn zu fragen, und er hatte sie bis jetzt zu keinem einzigen Tanz aufgefordert. Er war der hübscheste Junge in der Klasse und alle Mädchen schwärmten für ihn. Verstohlen sah Barbara, wie Jacqueline zu «Reality» von Richard Sanderson eng umschlungen mit Bruno tanzte. Sie glühte vor Eifersucht. Der Titel-Song aus dem Film «La Boum – Die Fete» war auf Platz eins in der Hitparade. Barbara liebte diesen Song und hätte alles gegeben, um dazu mit Bruno zu tanzen, so wie Vik mit Matthieu im Film. Dann spielten sie das Flaschenspiel. Sie sassen im Kreis, Barbara war an der Reihe. Sie musste einen der Jungs küssen. Und zwar denjenigen, auf den der Flaschenhals zeigte, nachdem sie die Flasche gedreht hatte. Ob sie wohl dieses Mal Glück hatte und es Bruno traf? Gespannt schauten alle auf die Flasche. Es war Martin! Ausgerechnet Martin. Er war der uncoolste Junge in der Klasse. Martin trug Timberland-Schuhe, seine Jeans gingen fast unter die Achseln, er hatte eine dicke Brille mit riesigen Gläsern und sein Gesicht war von Pickeln übersät. Barbara war das so peinlich, dass Moni das Licht löschen musste, während Barbara Martin mit spitzen Lippen einen furztrockenen Kuss auf die Wange drückte, in der Hoffnung, sie würde sich von den vielen Pickeln keinen Herpes holen. Er schien sichtlich enttäuscht. Dann folgte der Besentanz. Barbara kamen diese Spiele so kindisch vor, obwohl sie ja zum ersten Mal erwachsene Dinge taten. Das waren doch die gleichen Jungs aus der Klasse, die sich wie Bubis mit den Massstäben prügelten, deren Stimmen sich ständig überschlugen und die zu kurze Hosenbeine hatten. Ausser Bruno hatten die so gar nichts mit Matthieu oder Marc in «La Boum – Die Fete» gemeinsam. Und für Bruno war Barbara wie Luft.

Ein Jahr später hatten sie alle ihre ersten Erfahrungen mit Dauerwellen und stonewashed Jeans gemacht. Barbara wusste inzwischen auch, dass in der «Bravo» die Namen der Jugendlichen, die an Dr. Sommer schrieben, jeweils von der Redaktion geändert worden waren. Jedenfalls ging Barbara jetzt aufs Gymnasium, wo sie wieder mit Martin in der Klasse war. Irgendwie hatten bei ihm die Wachstumshormone kläglich versagt, und auch sonst hatte sich sein Äusseres kaum verändert. Er war immer noch picklig und kleidete sich unvorteilhaft. Aber er war nett. Mit Martin konnte man reden, im Gegensatz zu vielen anderen Jungs. «Dirty Dancing» mit Patrick Swayze lief gerade im Kino und alle Mädchen wollten einen Tanzkurs machen. Die meisten hatten sich für den nächsten Kurs längst einen Tanzpartner geschnappt, ehe Barbara überhaupt auf die Idee gekommen war, jemanden zu fragen. Inzwischen stand sie vor der Wahl, gar keinen Tanzkurs oder einen Tanzkurs mit Martin zu machen. Sie fragte ihn. Er willigte ein, was Barbara wenig überraschte, denn welches andere Mädchen hätte schon jemanden wie Martin für einen Tanzkurs auserkoren?

Sie lernten Standardtänze im Tanzstudio beim Bahnhof. Jacqueline war natürlich mit Bruno im Kurs. Die beiden waren seit ein paar Monaten zusammen. Während Barbara mit Martin übers Parkett schritt, beobachtete sie die beiden. Bruno hatte inzwischen einen leichten Bartschatten. Er war gewachsen und sein Körper war breiter geworden. Ob er trainierte? Zu Barbaras Überraschung entpuppte sich Martin als guter Tänzer. Er hatte Taktgefühl und konnte sich die Abfolgen gut merken. In der Führung war er etwas zaghaft, was sie anfangs ärgerte. Doch er lernte schnell und schon bald wurde er von der Tanzlehrerin regelmässig zum Vorzeigen von neuen Schritten aufgefordert. Bruno und Jacqueline zeigten wenig Talent auf der Tanzfläche, dafür waren sie abseits des Parketts wahre Kussprofis. Fasziniert beobachtete Barbara, als sie nach dem Tanzkurs am Bahnhof mit Martin auf ihren Bus wartete, wie sich die zwei eng umschlungen küssten. Bruno lehnte sich breitbeinig an ein Mäuerchen, damit Jacquelines Kopf mit seinem auf einer Höhe war. Jacqueline stand zwischen seinen Beinen und schmiegte sich an ihn. Die Lippen übereinandergestülpt, die Augen geschlossen, verbrachten sie die Wartezeit wild knutschend. Manchmal fragte sich Barbara, wie sie überhaupt noch Luft kriegen konnten. Sie sah verstohlen zu

Martin hinüber, der ebenfalls mit gebanntem Blick dem küssenden Paar zuschaute.

Dass sie noch keinen Freund hatte, wurmte Barbara. Im Gegensatz zu Martin, der auch noch niemanden hatte, kleidete sie sich schliesslich modern und hatte kaum Pickel. Sie war einfach zu schüchtern, sagte sie sich. Sie wollte sich aber auch nicht wie Jacqueline oder Moni den Jungs an den Hals werfen. Nein, Barbara wollte erobert werden, und zwar vom schönsten Jungen, der ausserdem intelligent, humorvoll und romantisch sein sollte. Sie hatte etwas Besseres verdient als Martin, und so blieb es beim gemeinsamen Tanzkurs und einem kollegialen Austausch mit ihm. Nach der Matura trennten sich ihre Wege ganz. Martin ging an die Eidgenössische Technische Hochschule in Zürich und Barbara besuchte das Primarschullehrerseminar.

Ein paar Jahre nach dem Tanzkurs, Mitte der 1990er-Jahre, besuchte Barbara zum ersten Mal den Polyball. Sie war immer noch Single und hatte keinerlei sexuelle Erfahrungen mit Männern gemacht, was sie natürlich niemandem erzählte. An die Stelle der «Bravo» waren die intimen Berichte über das Liebesleben ihrer Freundinnen getreten, die schon Freunde hatten. Barbara wusste inzwischen ohnehin, dass ein grosser Teil der Fragen, die die Leserinnen und Leser der «Bravo» an Dr. Sommer stellten, von der Redaktion frei erfunden worden war. Eine Freundin, die an der Uni studierte, hatte ihr für den Polyball an der Eidgenössischen Technischen Hochschule ETH in Zürich nicht nur Tickets, sondern auch einen Tanzpartner organisiert. Er war ganz nett, hatte aber eine leicht gehemmte Art und tanzte eher schlecht als recht. Beim Eingang war Barbara Bruno begegnet. Er war jetzt mit einer Sportstudentin zusammen, die mit ihrem blonden langen Haar und ihrer perfekten Figur einfach umwerfend aussah. Barbara murmelte ein «Hallo». Noch immer war sie befangen, wenn sie Bruno sah. Dabei hatte sie ihn längst aufgegeben. Sie stand mit ihrem Tanzpartner und dem befreundeten Paar auf der Empore und schaute auf die tanzenden Paare, die sich in der Haupthalle zur Musik des Eröffnungstanzes drehten. Da erblickte Barbara einen Mann, der ihr irgendwie bekannt vorkam. Es lag weniger an seinem Äusseren als an seinen Bewegungen. Er tanzte gut. Er war mittelgross, trug das Haar kurz geschnitten und sein Anzug sass perfekt. Barbara beobachtete ihn lange. Als er sich nach dem Ende des Tanzes von seiner Tanzpartnerin löste und sein Gesicht in Barbaras Richtung wandte, war sie sich sicher: Es war Martin! Wow, dachte sie, aus dem hässlichen Entlein ist ein Schwan geworden. Auch die Frau, die mit Martin tanzte, war sehr elegant. Neugierig musterte Barbara sie und stellte mit noch mehr Erstaunen fest: Das war Jacqueline! Sie beobachtete, wie Jacqueline Martin an sich zog und ihn sanft auf den

113

Mund küsste. Plötzlich fühlte sie einen Stich. Jetzt hatte die sich also auch noch ihren Martin geschnappt. Die graste einfach alles ab, die blöde Kuh! Sie schluckte. Sogar Martin hatte eine Freundin. Wie oft hatte sie sich in der Vergangenheit insgeheim mit dem Gedanken getröstet, dass Martin sicher auch noch niemanden hatte. Nun musste sie sich eingestehen, dass sie als Letzte ihrer damaligen Klasse noch allein war. Tränen stiegen ihr in die Augen. Sie wandte sich ab, murmelte eine Entschuldigung und hastete in Richtung Damentoiletten davon. Blind vor Tränen stolperte sie über eine Stufe und fiel flach auf den Boden. Sie konnte sich gerade noch mit den Handflächen auffangen, damit sie nicht mit dem Gesicht am Boden aufschlug, doch der Schmerz durchzuckte sie. Für einen Moment lag sie wie betäubt da. Dann versuchte sie, sich aufzurappeln. «Kann ich dir helfen?», hörte sie eine Stimme neben sich. Durch den Schleier ihrer Tränen sah Barbara einen eleganten Mann im Frack, der sich zu ihr hinunterbeugte. Sie wischte sich mit dem Handrücken die Tränen aus den Augen und sah zu ihm hoch. In seinen Augen lag Besorgnis, doch glaubte sie, darin auch noch etwas anderes zu erkennen. War es Bewunderung? Barbara rieb sich die Handflächen. «Geht schon», murmelte sie und raffte ihr Kleid zusammen. Der Mann sah älter aus als die Studenten hier. Ob er ein Professor war? Nein, dafür war er auch wieder zu jung. Ausserdem könnte er ja auch gar nichts mit der Uni oder der ETH zu tun haben, sondern von seiner Freundin mitgeschleppt worden sein. Vorsichtig schaute sich Barbara nach einer Freundin um, doch da war niemand. Sie war ganz allein mit dem Mann. «Gehts?», riss er sie aus ihren Gedanken. «Kannst du aufstehen?» Er streckte ihr die Hand entgegen. Dankbar griff Barbara danach und liess sich hochziehen. Ihr linker Knöchel tat furchtbar weh und sie blutete am Knie, aber sie konnte gehen. «Komm mit», sagte er mit Blick auf ihr Knie. «Da muss etwas Merfen drauf und der Fuss muss gekühlt werden.» «Bist du Arzt?», fragte Barbara. «Nein, das nicht», er lächelte, «aber Doktor. Ich schreibe an meiner Habilitation. Wie heisst du?» «Barbara, und du?»

«Ich bin Valentin», antwortete der Mann. Er hielt sie um die Taille. «Komm, wir nehmen den Lift.» Humpelnd liess sich Barbara von Valentin führen. Er war gross und kräftig und sie lehnte sich dankbar an ihn. Er drückte auf den Liftknopf, sah dabei auf sie hinab und lächelte sie an. Seine Lippen waren sinnlich, die Nase war gerade und er hatte hohe Wangenknochen. Barbara errötete und schaute verlegen zur Seite. Valentin räusperte sich und brachte sich in eine bequemere Position. Dabei liess er seinen Arm, den er um ihre Taille gelegt hatte, wie durch Zufall etwas höher gleiten, sodass seine Hand Barbara direkt unter der Brust berührte. Er sah auf die Digitalanzeige des Lifts. Sie hätte fast vergessen zu atmen. Die Berührung erregte sie.

Als sich die Lifttür öffnete, hob Valentin sie einfach wortlos hoch und trug sie den langen Gang entlang. Barbara wusste nicht, wie ihr geschah. Es blieb ihr nichts anderes übrig, als den Arm um Valentins Nacken zu legen. Sein Gesicht war jetzt ganz nah an ihrem, sodass sie seinen Duft riechen konnte. Wieder dieses Lächeln. Die Musik des Balls hörte man jetzt nur noch aus der Ferne, der Gang war menschenleer. «So, meine Liebe», sagte Valentin, «da sind wir.» Er stiess eine Tür, die nur angelehnt war, mit dem Fuss auf und setzte sie vorsichtig auf einem Bürotisch ab. «Ist das dein Büro?», stammelte Barbara, um etwas zu sagen. «Ja, gefällt es dir?» Ohne ihre Antwort abzuwarten, zog er ihren Schuh aus. «Jetzt lass mal sehen.» Er betastete ihren Knöchel, dann holte er aus dem Eisfach eines Kühlschranks Eis und legte es ihr auf den Fuss. Er schob ihr Kleid hoch und betrachtete sich das Knie. «Jetzt tut es gleich ein bisschen weh.» Vorsichtig schraubte er ein kleines Fläschchen auf, das er aus einer Schublade geholt hatte, und tropfte etwas Merfen auf ihr Knie. Sie zuckte zusammen. «Na, na», sagte er, «schon vorbei.» Er lächelte sie an und beugte sich über sie, sodass sich ihre Gesichter fast berührten. Barbara hielt den Atem an. «Kann ich sonst noch etwas für dich tun?» Sie schluckte und brachte kein Wort heraus. Valentin flüsterte: «Du bist wunderschön, Barbara. Darf ich dich küssen?» Ohne eine Antwort abzuwarten, küsste er sie sanft auf den Mund. Seine

Lippen waren weich. Die Berührung gefiel ihr. Sie erwiderte seinen Kuss. Er legte seine Hand auf ihre Taille und zog sie an sich. Er sah ihr tief in die Augen und lächelte. Barbara zitterte. Ihre Lippen teilten sich und er liess seine Zunge in ihren Mund gleiten. Sie schlang ihre Arme um seinen Hals. Er fuhr ihr mit der rechten Hand über den Rücken hoch bis zu ihrem Hinterkopf, wo er seine Hand in ihre Locken krallte. Barbara entfuhr ein leises stöhnen. Er zog sie noch enger an sich und sein Kuss wurde immer verlangender. Plötzlich zog er seinen Kopf zurück und lächelte sie wieder an: «Nur einen Moment.» Er liess sie los und ging zur Tür, die immer noch weit offen stand. «Wir wollen doch nicht gestört werden!» Leise zog er die Türe zu. Barbara verfolgte ihn mit den Augen. In dem Moment, in dem sich die Türe schloss, fiel ihr Blick auf ein eingerahmtes Diplom, das neben der Tür hing. Darauf stand in grossen, roten Lettern: «Diplom». Darunter konnte Barbara in etwas kleineren schwarzen Buchstaben den Namen lesen: «Dr. Valentin Sommer». Der Name «Sommer» kam ihr irgendwie bekannt vor. Schon war Valentin wieder bei ihr. Sie fühlte seine starken Arme, die sie eng umschlangen, und seine Lippen, die ihren Hals liebkosten, erst sanft, dann immer gieriger. «Bloss kein Knutschfleck!», war das Letzte, was Barbara noch denken konnte. Dann gab sie sich den geübten Händen von Dr. Sommer hin.

Die Provokation

Mario schleppte seinen Koffer das Treppenhaus hoch. Er hatte wieder zu viele Souvenirs gekauft. Und leider gab es im Haus, in dem sich seine Mietwohnung befand, keinen Lift. Es war in den 1950er-Jahren erbaut worden. Dafür war auch die Miete noch einigermassen bezahlbar. England war toll gewesen. Mario hatte bis auf die letzten drei Tage wunderschönes Wetter gehabt. Als er aber zuletzt im regnerischen London weilte und das zweite Terrorattentat innerhalb von nur drei Monaten verübt worden war, wollte er nur noch weg. Er hatte umgebucht und war einen Tag eher nach Hause geflogen. Mario hatte die erste Maschine an diesem Vormittag genommen. Die Sicherheitsmassnahmen am Flughafen Heathrow waren jenseits von Gut und Böse gewesen, aber das war Mario immer noch lieber, als von irgendwelchen Wahnsinnigen in die Luft gesprengt zu werden. Wie gut, dass er in der sicheren Schweiz lebte. Zwei Etagen hatte er schon geschafft. Keuchend setzte Mario seinen Koffer auf dem Treppenabsatz ab. Er freute sich auf eine Dusche. Im Treppenhaus roch es gut nach Apfelkuchen. Mario packte den Griff seines Koffers wieder und nahm die letzten Stufen in Angriff. «Welcome» stand auf der Türmatte vor seiner Wohnung. Eigenartig, dass einem eine industriell angefertigte Türmatte mit einem Allerweltsspruch plötzlich ein warmes Gefühl von Daheim vermittelte. Mario kramte nach seinem Wohnungsschlüssel und schloss auf.

Das Erste, was ihm entgegenkam, war ein ungewohnter Geruch. Er musste vergessen haben, ein Fenster zu kippen, ehe er weggefahren war. Mario zog seinen Koffer ins Entrée, schloss die Wohnungstüre hinter sich und begann, seinen Mantel aufzuknöpfen. Die Wohnung kam ihm, wie immer nach den Ferien, riesig und hell vor. Da – plötzlich hörte er ein Geräusch. Es kam aus der Küche. Mario hielt inne, sein Herz begann wie wild zu klopfen. Die Küchentür stand weit offen. Mario getraute sich kaum zu atmen. Plötzlich hörte er Schritte und sah einen Schatten. Ohne das Risiko seiner Handlung abzuwägen, machte er einen Satz nach vorne und rief: «Halt!» Das Bild, das sich ihm bot, als er in die Küche schaute, war völlig überraschend. Vor ihm stand nicht etwa ein Einbrecher mit Strumpfmaske und Klappmesser, sondern eine rothaarige Frau in Schlabberhosen. Sie musste Mitte zwanzig sein. In der Hand hielt sie ein Marmeladenbrot. Auch sie war offensichtlich erschrocken. «Wer bist du?», fuhr Mario sie an. «Was machst du hier?» Die Frau musterte ihn einen Moment, dann verzog sich ihr Gesicht zu einem verlegenen Grinsen und sie sagte: «Nur ruhig, ich kann dir alles erklären.» Mario konnte nicht fassen, dass eine Wildfremde mit einem Marmeladenbrot in seiner Küche stand und auch noch erwartete, dass er dabei ruhig blieb. Dennoch war er erleichtert, dass er es wenigstens nicht mit einem bewaffneten Einbrecher zu tun hatte. Die Frau warf ihre Locken über die Schultern, machte ein paar betont langsame Schritte zum Esstisch zurück und legte das Marmeladenbrot auf einen Teller, den sie offensichtlich aus Marios Schrank genommen hatte. Mario kochte vor Wut. Am liebsten hätte er die Frau gepackt und eigenhändig aus seiner Wohnung geschleift. Aber er übte keine Gewalt gegen Frauen aus, das ging gegen sein Prinzip. Zudem wollte er eine Erklärung. «Nun mal ganz ruhig», sagte die Frau wieder und sah Mario eindringlich an. Ihre Augen waren von einem intensiven Grün, wie man es nur bei Rothaarigen sieht. «Es ist ja nicht so, dass ich hier irgendetwas zerstört oder mitgenommen habe. Ich frühstücke ganz einfach.» «Das sehe ich», sagte Mario. Seine Stimme zitterte vor Wut. Erwartete sie etwa, dass er ihr guten Appetit wünschte? Die Situation war völlig grotesk. «Wie bist du hier reingekommen?» Sie hatte sich inzwischen wieder gesetzt und nahm einen Bissen von ihrem Marmeladenbrot: «Durch die Tür natürlich. Oder siehst du hier etwa einen Kamin?» Mario verschlug es die Sprache über diese Unverschämtheit. Er hatte seine Wohnungstür garantiert abgeschlossen, ehe er in die Ferien fuhr. Die Frau musste einen Schlüssel haben, aber wie war sie dazu gekommen? Mario überlegte fieberhaft, doch es gab niemanden, der einen Zweitschlüssel seiner Wohnung besass, weder im Haus noch in seiner Familie noch unter Freunden … «Was kann ich dafür, wenn du zu früh nach Hause kommst?», riss ihn die Frau aus seinen Gedanken. «Ich habe dich erst morgen erwartet. Nach dem Frühstück wollte ich das Bett abziehen und hier wieder alles sauber machen», sagte sie mit vollem Mund. Sie stand auf, ging zum Kühlschrank und nahm eine Packung Milch heraus. «Willst du auch einen Kakao?», fragte sie. Mario hatte das Gefühl, im falschen Film zu sein. Die Frau hatte in seinem Bett geschlafen! Sie musste mehrere Tage in seiner Wohnung gewohnt haben. «Sag mal, wie lange bist du schon hier?» «Also keinen Kakao», erwiderte sie, schloss den Kühlschrank und ging zurück zum Tisch. «Na, seit du hier abgereist bist.» Mario fiel es wie Schuppen von den Augen. Die Frau hatte während seinen ganzen Ferien hier in seiner Wohnung gewohnt. «Sag mal, das ist Hausfriedensbruch!», schrie er sie an. «Jetzt reg dich doch nicht auf», gab die Frau kühl zurück, «ich habe dir ja nichts weggenommen. Du brauchtest die Wohnung doch gar nicht.» Sie gab einen Löffel von Marios Kakao in eine Tasse und fügte hinzu: «Bis jetzt hast du es noch nie gemerkt.» «Was! Du machst das nicht zum ersten Mal?» Jetzt brüllte Mario vor Wut. «Mann, was bist du vielleicht für ein Spiesser», sagte die Frau. «Wir leben im Zeitalter von AirBnB und Couch-Surfing. Wie kann man sich bloss so aufregen, wenn jemand seine Wohnung zwischennutzt.» Das reichte. «Du verschwindest jetzt sofort von hier!», Mario machte einen drohenden Schritt auf die Frau zu. Ungerührt schenkte sie sich Milch in ihre Tasse und rührte in ihrem Kakao. «Dann musst du aber selber sauber machen», meinte sie gedehnt. «Das ist mir scheissegal!» Marios Stimme überschlug sich. «Hau ab!» Er griff nach ihrer Tasse und schüttete den Kakao in den Schüttstein. «Dort ist die Tür!» Für einen Moment sagte sie nichts. «Hör mal, wenn ich heute schon raus muss, habe ich keine Bleibe für die Nacht. Könnte ich deine Gastfreundschaft nicht noch für eine Nacht in Anspruch nehmen?» «Du tickst wohl nicht richtig!» Mario war ausser sich. «Raus hier!» Die Frau blieb einfach sitzen. «So, ich rufe jetzt die Polizei.» Mario drehte sich um und ging zum Telefon, das im Flur stand.

Die Polizei kam eine halbe Stunde später. Mario hatte in der Zwischenzeit vergeblich versucht, herauszufinden, wie die Frau in seine Wohnung gekommen war. Sie fand offensichtlich nichts dabei, dass sie Marios Wohnung «zwischennutzte», wie sie es nannte, und schimpfte Mario einen kleinbürgerlichen Spiesser, was ihn rasend machte. Er hatte gehofft, dass sie aus Furcht vor der Polizei von selbst verschwinden würde, doch sie blieb sitzen und frühstückte unbeirrt weiter. Bis die Polizei endlich klingelte, war Mario mit den Nerven am Ende. Die Polizei nahm die Personalien auf. Die Frau hiess offenbar «Renate Zumbühl», obwohl Mario sich nicht vorstellen konnte, dass sie ihren richtigen

Namen angab. «Sie sind also unbefugt hier in die Wohnung von Mario Keller eingedrungen?», wandte sich der jüngere Polizist an die Rothaarige. «Natürlich nicht», sagte sie, «ich habe schliesslich einen Schlüssel.» Sie nahm einen Schlüssel aus der Tasche ihrer Schlabberhose und wedelte zum Beweis damit in der Luft. Mario erstarrte. Es war sein Ersatzschlüssel, der jeweils hinter dem Haus unter dem dritten Blumentopf lag. Ehe er etwas sagen konnte, fuhr die Frau fort: «Wissen Sie, mein Mario ist zur Zeit etwas überspannt und wir haben uns gestritten. Da kommt er leicht in seine Wahnvorstellungen. Sie wissen ja, wie das bei Schizophrenen ist, oder?» Die beiden Polizisten sahen sich fragend an. Der Ältere räusperte sich: «Ähm …» «Moment!» Mario hatte seine Sprache wiedergefunden. «Glauben Sie dieser Frau kein Wort. Sie ist eine Betrügerin. Sie hat meinen Schlüssel gestohlen und …» «Herr Keller, Sie geben also zu, dass das Ihre Schlüssel sind?», fragte der jüngere Polizist. «Das sind meine Ersatzschlüssel», bestätigte Mario. «Nein, das sind meine Wohnungsschlüssel, Mario», sagte die Frau und sah ihn eindringlich an. «Du hast sie mir gegeben, als ich bei dir eingezogen bin. Erinnerst du dich nicht?» Alle Augen waren auf Mario gerichtet. «Nein! Das sind meine Ersatzschlüssel, die du gestohlen hast. Du bist eine betrügerische Hexe. Raus hier!» Er machte einen drohenden Schritt auf die Frau zu. Aus den Augenwinkeln sah Mario, dass sich die Polizisten sofort auf ihn zu bewegten. Mario blieb stehen. Er wollte die Frau nicht schlagen und er wollte keinen Ärger mit der Polizei. Sie war die Kriminelle, nicht er. Er sah, wie die Frau den beiden Polizisten ein Zeichen gab, als wollte sie sie bremsen. Dann stand sie auf, schaute Mario mit ihren grünen Augen eindringlich an und kam direkt auf ihn zu. Mario war wie erstarrt. Sie legte ihre Arme um seinen Hals: «Ganz ruhig, Mario, ganz ruhig.» Sie zog ihn an sich und sah zu ihm auf. «Ich bin es doch, deine Renate.» Dann stellte sie sich auf die Zehenspitzen und küsste ihn auf den Mund.

Das war zu viel für ihn. Er stiess die Frau von sich, sodass sie rückwärts über den Küchenstuhl fiel. Dann stürzte er sich auf sie und schlug zu. «Stopp!» Sofort wurde Mario von einem der Polizisten zurückgerissen, der andere drehte ihm den Arm auf den Rücken. Der Schmerz durchfuhr Mario und trieb ihm die Tränen in die Augen. «Sie kommen mit aufs Revier wegen Körperverletzung!», sagte der Ältere. Mario keuchte und zeigte mit dem Kopf auf die Frau. «Und sie?» «Sie bleibt hier», antwortete der ältere Polizist. Wütend versuchte Mario, sich vom Polizisten loszureissen, doch dieser verstärkte seinen Griff nur und schob Mario durch die Küchentür. Fassungslos warf dieser einen Blick zurück. Die Frau hatte sich bereits wieder vom Boden aufgerappelt, den umgekippten Stuhl an den Küchentisch zurückgeschoben und

war gerade dabei, sich noch eine Scheibe Brot ab-
zuschneiden.

Nur ein Kuss

Mäse und Karin sassen auf dem Bänkchen vor dem Eingang zum Haupttrakt der Kantonsschule Zürcher Oberland und zogen an ihren Zigaretten. Es war schon Ende Oktober 1987 und ziemlich kühl, aber als Raucher waren sie abgehärtet. «Das würdest du dich nie getrauen», sagte Karin zu Mäse. «Klar mach ich das», entgegnete dieser und schnippte etwas Asche seiner Zigarette auf den Boden, als wollte er damit zeigen, dass ihm Regeln scheissegal waren. «Warts nur ab.» Mäse hatte Karin erzählt, wie er das Generalabonnement der SBB kopieren und an andere Schüler verkaufen wollte. Der Plan war einfach. Für etwas gab es schliesslich Farbkopierer. Er durfte sich nur nicht erwischen lassen. Mäse wusste, dass Karin seinen Mut insgeheim bewunderte. Und das war ihm wichtig, denn er bewunderte Karin, die leider mit seinem Kollegen Benz zusammen war. Aber das mit dem Generalabonnement wäre wirklich eine ziemlich grosse Nummer. Er könnte damit richtig Geld verdienen. Aber was, wenn er erwischt wurde? Würde er von der Schule verwiesen? Müsste er ins Gefängnis? Mäse war 18. Der Pausengong ging und er und Karin drückten ihre Zigaretten aus. Ihr Deutschlehrer kam eh immer zu spät, sodass sie es locker vor ihm ins Klassenzimmer 23 im zweiten Stock schaffen würden. Sie schnappten sich ihre Rucksäcke, die auf einem riesigen Haufen rechts vom Eingang lagen, und gingen gemächlich die Treppe hoch. Auf dem zweiten Absatz wurden sie von Reto Dürr überholt, einem jungen Mathelehrer, der auf dem Weg in den dritten Stock an ihnen vorbeihastete.

Reto Dürr war angespannt. Seine nächste Lektion war mit Charlottes Klasse. Die Schülerin brachte ihn ganz schön durcheinander. Warum nur hatte er sich mit ihr eingelassen? Er musste ihr sagen, dass es vorbei war. Wenn zwischen ihnen mehr würde und das aufflog, würde er seinen Job verlieren. Dass er etwas mit einer Schülerin hatte, würde durch die Medien geschleppt und er würde nie mehr eine Stelle als Kantonsschullehrer finden. Sein Ruf als Lehrer wäre ein für alle Mal ruiniert. Und seine Ehe damit. Dürr hüstelte nervös. Als er ins Klassenzimmer kam, sass Charlotte in einem knallengen Oberteil beim Fenster. Ihr blondes Haar hatte sie in einem Pferdeschwanz zusammengebunden. Ihre Augen leuchteten und die Wangen glühten vom Treppensteigen. Sie strahlte ihn unverhohlen an. Dürr wandte seinen Blick ab. Er musste sich auf die Lektion konzentrieren. Bis jetzt hatten er und Charlotte sich nur einmal heimlich in den Armen gelegen und geküsst. Es war in der Arbeitswoche in Italien passiert. Dürr war zusammen mit dem Zeichnungslehrer nach Florenz, Empoli und Vinci gefahren. Das Motto: Auf den Spuren von Leonardo da Vinci. Normalerweise waren Mathelehrer allein schon aufgrund ihres Fachs für Arbeitswochen nicht sonderlich beliebt, aber Reto Dürr war jung und hatte einen guten Draht zu den Jugendlichen. Ja, und bei Charlotte war dieser gute Draht eben ziemlich heiss geworden. Die Kleine war temperamentvoll, sexy und intelligent – und sie ging ganz schön ran, wenn sie etwas wollte. Reto Dürr hangelte sich durch die Lektion, stets bemüht, nicht zu oft in Charlottes Richtung zu schauen. Endlich war die Stunde vorbei. Hastig packte er seine Mappe zusammen. Bloss weg hier! Doch schon stand Charlotte bei ihm am Pult und verwickelte ihn in ein Gespräch. Verzweifelt beobachtete Reto Dürr aus den Augenwinkeln, wie die anderen Schüler das Klassenzimmer verliessen. Er wollte keinesfalls mit Charlotte allein im Zimmer zurückbleiben. Er ging zur Tür, sie folgte ihm. Auf dem Gang redete sie irgendetwas von einer Party und sah ihn erwartungsvoll an. Inzwischen waren sie bei der Treppe angekommen. Dürr sah auf die Uhr: «Tut mir leid, Charlotte, aber ich muss jetzt weiter.» Wie würde er ihr je sagen können, dass das in Italien nur ein Kuss war, nicht mehr und nicht weniger? «O. k., du kannst es dir ja noch überlegen», sagte sie. Dürr sah sich nervös um. Zum Glück hatte niemand gehört, wie sie ihn duzte. «Ciao!» Charlotte warf ihm einen verführerischen Blick zu und verschwand in

Richtung Damentoiletten. Dabei stiess sie beinahe mit der portugiesischen Putzfrau zusammen, die ihren Putzwagen aus der Tür schob.

Patrizia Rodriguez hiess die Putzfrau, doch die Schülerinnen und Schüler nannten sie alle nur «der Fötus», weil sie fast keine Haare mehr auf dem Kopf hatte. Patrizia war fertig mit den Damentoiletten. Die Reinigung der Toiletten war, entgegen der landläufigen Meinung, keine unangenehme Arbeit. Während Patrizia die Wasserhähne und Lavabos polierte, lauschte sie gerne den Gesprächen der jungen Frauen, die sich durch die Kabinentüren miteinander unterhielten. So erfuhr sie allerhand über die Beziehungen zwischen Schülerinnen und Schülern – und über die Lehrer. Patrizia wusste, dass es in einer fünften Klasse ein lesbisches Paar gab und dass die Kleine, die ihr soeben fast unter den Putzwagen gekommen wäre, auf den jungen Mathematiklehrer stand. Ob er sich darauf einlassen würde? Eines der Mädchen, sie hiess Karin und war starke Raucherin, hatte heute ihrer Freundin voller Bewunderung von Mäse erzählt. Offenbar war der wieder dabei, eine krumme Sache zu drehen. Patrizia wusste viel, aber sie war diskret. Trotzdem, alles hatte seine Grenzen. Sie schob ihren Putzwagen in den Lift und drückte auf den Knopf. Es war Zeit für die Kaffeepause. Als sich die Lifttür im Erdgeschoss öffnete, hastete

Schulrektor Franz Weber an ihr vorbei die Treppe hinauf. Der Mann war immer in Eile. Er hatte nicht mal die Zeit, auf den Lift zu warten.

Franz Weber war auf dem Weg in eine Wirtschaftsstunde der Klasse E5, doch mit den Gedanken war er ganz beim Umbau der Schule. Seit dem Bau der KZO in den 1950er-Jahren handelte es sich um die zweite Erweiterung der Schule. Die Bauarbeiten waren abgeschlossen, bis auf die letzten wärmetechnischen Sanierungsarbeiten an den bestehenden Gebäuden. Sie hatten – gemäss Zeitplan – etwas mehr als ein Jahr gedauert, sodass Lehrer und Schüler die erweiterten Anlagen pünktlich zu Beginn des neuen Schuljahrs im April 1987 nutzen konnten. Besonders stolz war Weber auf die Mediothek. Endlich hatte der Haupttrakt dadurch ein Zentrum erhalten. Anstelle des schmalen, düsteren Korridors war ein breiter Gang getreten, der durch Oberlichter schön erhellt war. Im Obergeschoss waren neue Halbklassenzimmer entstanden. Die Küche der Mensa war optimiert und die Mensa ein bisschen vergrössert worden. In der neuen Studiobühne konnten Schülerinnen und Schüler Theater spielen und ihrer Kreativität freien Lauf lassen. Auch zwei Turnhallen waren hinzugekommen. Mit dem Aushub der Hallen hatte man auf Anregung des Hausvorstands – er war Biologe – das Gelände der Grünanlage zwischen dem kleinen und dem grossen Spezialtrakt umgestaltet. Weber war zufrieden. Das Ziel, die Infrastruktur der Schule zu verbessern, war erreicht. Das Einzige, was Weber nicht gefiel, war die Fassade des Liftturms am Haupttrakt. Die weisse leere Wand wirkte abweisend. «Die wäre was zum Sprayen», hatte er einmal hinter vorgehaltener Hand zum Hausvorstand gesagt. Doch Weber wollte den Teufel nicht an die Wand malen. Schliesslich war er froh, dass die Schule bisher weitgehend von hässlichen Sprayereien verschont geblieben war. Wegen der wärmetechnischen Renovation war der Haupttrakt auf der Seite zur Grünanlage hin noch eingerüstet. Doch bald würden auch diese Arbeiten abgeschlossen sein und die offizielle Einweihung konnte stattfinden. Die Einweihung, zu der auch der Baudirektor Emil Homberger und der Erziehungsdirektor Arnold Piller eingeladen waren, war für den 18. November angesetzt. Als Weber so in Gedanken versunken in sein Klassenzimmer kam, sah er, wie einer seiner Schüler, es war natürlich wieder Mäse, gerade mit einem Feuerzeug sein Pult bearbeitete.

Mäse steckte sein Feuerzeug sofort ein, als er den Rektor Franz Weber kommen sah. Doch es war zu spät. Der Alte hatte ihn gesehen und hielt ihm eine Standpauke, dass es nicht mehr schön war – und dann gab es noch eine Strafarbeit obendrein. Weber verdonnerte Mäse dazu, Mani Matters Lied vom Zündhölzli bis zur nächsten Lektion auswendig zu lernen. Sowas Bescheuertes! Mäse liess alles äusserlich stoisch über sich ergehen, doch innerlich kochte er. Warte nur, dachte er. Irgendwann zahle ich es dir heim. Irgendwann werde ich dieser Schule noch ein Denkmal setzen, wenn nicht an meinem Pult, dann eben woanders. Verstohlen sah er zu Karin, die auf der Fensterseite sass und lächelte. Mäse grinste zurück. Ach, was würde er für einen Kuss von Karin geben. Doch vorerst war dieses Lächeln von ihr die Strafarbeit locker wert.

Karin verzierte ihr Aufgabenheft, während Weber einen Monolog über die Planwirtschaft hielt. Die Wirtschaftsstunde zog sich dahin. Karin fand Mäse süss und sie genoss seine Aufmerksamkeit. Cool, wie er Weber vorhin einfach ins Leere hatte laufen laufen lassen, als wäre ihm die Hausordnung egal. Doch Karin hatte es gut mit Benz, mit dem sie nun seit vier Monaten zusammen war. Letzte Nacht hatten sie zum ersten Mal miteinander geschlafen. Es war aufregend gewesen. Karin nahm einen grünen Farbstift und begann damit, die Buchstaben von Bob Marleys Titel «No Woman no Cry» in den Farben des Reggaes auszumalen. Sie hatte ein Flair für Schriften. Sie fragte sich, wie es wohl wäre, einmal etwas richtig Grosses zu sprayen. Endlich klingelte die Pausenglocke. Zum Glück hatten sie am Nachmittag Zeichnen. Das war Karins Lieblingsfach. Sie hatte einen guten Draht zu ihrem Zeichnungslehrer und hatte sich auch schon für private Projekte Material ausleihen dürfen. Sie packte ihr Aufgabenheft, das Wirtschaftsbuch und ihr Etui in ihren Rucksack und machte sich zusammen mit ihren Klassenkameradinnen auf den Weg zum kleinen Spezialtrakt. Als sie durch das Foyer der Aula ging, sass dort eine Gruppe Lehramtsschülerinnen und strickte. Die Putzfrau mit dem schütteren Haar nahm den Boden auf.

Patrizia Rodriguez war gerade fertig mit der Aula. Als Nächstes waren die Fenster im kleinen Spezialtrakt an der Reihe. Ihr Rücken schmerzte und sie war froh, sich auf dem Putzwagen abstützen zu können. Als sie sich auf dem Durchgang zwischen dem Haupttrakt und dem kleinen Spezialtrakt befand, sah sie die Kleine, die auf den Mathelehrer stand, ganz allein auf der Freitreppe sitzen. Aus den Augenwinkeln bemerkte die Putzfrau, wie Reto Dürr das Mädchen – sie glaubte, dass sie Charlotte hiess – vom kleinen Spezialtrakt her beobachtete. Junge, Junge, pass auf, dachte Patrizia Rodriguez. Ich will dich nicht dem Rektor melden müssen.

Charlotte bekam von all dem nichts mit. Sie sass mit einem Liter Eistee und einem Tonbrötchen auf der Freitreppe. Ein kühler Wind wehte, doch sie war noch erhitzt vom Volleyball-Training und brauchte frische Luft. Leider gab es an der Schule keine Kletterhalle. Sie hätte gerne mit dem Klettersport angefangen. Charlotte biss in ihr Tonbrötchen, nach ihrer Meinung das Beste, was die Mensa zu bieten hatte. Sie wusste, dass Reto, ihr Mathelehrer, recht gut kletterte. Ihre Gedanken wanderten nach Italien, wo ihre Klasse die Arbeitswoche verbracht hatte. Sie und Reto hatten sich super verstanden. Am letzten Abend – alle waren ziemlich angeheitert – hatte Reto sie hinter einer Säule in den Arm genommen und geküsst. Immer und immer wieder hatte Charlotte diesen Moment in ihren Gedanken durchlebt. Sie wollte mehr, sie wollte mit Reto zusammen sein. Doch seit sie zurück waren, hatte sie das Gefühl, Reto Dürr ginge ihr aus dem Weg. Hatte er Zweifel? Oder war er nur schüchtern? Charlotte nahm einen Schluck Eistee. Sie würde ihn mit etwas Grossem überraschen. Eine Liebeserklärung, die nur er verstand und die er nicht ignorieren konnte.

Sie sass noch eine ganze Weile auf der Freitreppe. Als der Pausengong erklang, kam die Putzfrau aus dem kleinen Spezialtrakt zurück und schob ihren Putzwagen oberhalb der Freitreppe wieder in Richtung Haupttrakt. Mäse und Karin verliessen gerade das Hauptgebäude, setzten sich nebeneinander auf das Raucherbänkchen vor dem Haupteingang und steckten ihre Zigaretten an. Reto Dürr trabte die Freitreppe hinunter und ging in Richtung Bahnhof. Er tat, als ob er Charlotte nicht gesehen hätte. Franz Weber und der Hausvorstand, ganz in ein Gespräch über den Umbau vertieft, überquerten den Platz vor der Freitreppe in Richtung Turnhallen. Am neuen Brunnen blieben sie einen Moment stehen und sahen sich die Granitblöcke im Wasser an. Es war ein ganz gewöhnlicher Schultag an der KZO im Oktober 1987.

***

Zwei Wochen später – es waren nur noch wenige Tage bis zur Einweihung der erweiterten Kantonsschule Zürcher Oberland – ging Franz Weber am Morgen mit seiner Mappe vom Bahnhof her kommend Richtung Aula. Ihn traf fast der Schlag: Die weisse Fassade des Liftturms war rot verschmiert! Was für eine Schande! Weber kniff die Augen zusammen. Was stand da? «Nur ein Kuss». Der Schriftzug befand sich hoch oben. Er war leicht schräg, das zweite «s» von Kuss nur halb fertig und der Strich beim ersten «u» auf der falschen Seite. Das durfte nicht wahr sein! Das Gebäude war frisch erweitert und saniert; es dauerte nur noch wenige Tage bis zur Einweihung am 18. November. Was nun?

Weber war nicht der Einzige, der das Graffito entdeckt hatte. Die Nachricht ging wie ein Lauffeuer durch die Schule. Während die Mehrheit der Schüler voller Bewunderung und Begeisterung war, zeigten sich viele Lehrer schockiert. Das würde dem Ruf der Schule schaden. Allerdings löste der Spruch «Nur ein Kuss» auch bei manchen Lehrkräften ein Schmunzeln aus. Weber war nicht erfreut über die Sprayerei, aber er war ein besonnener Mann. Er setzte sich mit der Schulleitung zusammen und das Gremium kam zum Schluss, dass sie das Graffito nicht übermalen würden. «Das würde nur zu neuen Sprayereien führen», argumentierte der Hausvorstand, der sich erstaunlich wenig über das Graffito aufzuregen schien. Ausserdem hätte da ja auch «Scheissschule» stehen können oder noch Schlimmeres. «Nur ein Kuss» konnte doch auch als Liebeserklärung an die Schule gedeutet werden, fand Weber. Und so blieb das Graffito stehen, obwohl es die Leute vom Bauunternehmen übermalen wollten und auch der Erziehungsdirektor Arnold Piller alles andere als erfreut war. Es gelang Franz Weber, den Erziehungsdirektor zu beruhigen. Wer für die Sprayerei verantwortlich war, blieb ein Rätsel. Im grossen Spezialtrakt fand ein Zeichnungslehrer die Kartonschablonen, die für das Graffito erstellt worden waren. Es war die einzige Spur, die man fand. Der Zeichnungslehrer vermutete, dass für das «n» und das «u» im Schriftzug die gleiche Schablone verwendet worden war. Auch erhärtete sich der Verdacht, dass die Täter – alle waren sich einig, dass es mehrere gewesen sein mussten – über das Baugerüst am Haupttrakt von der Seite zum Garten hin via Sternwarte aufs Dach gelangt waren und sich von dort abgeseilt hatten. Die erschwerten Bedingungen – alles geschah ja bei Nacht – hatten dann dazu geführt, dass die Schablonen auch mal verkehrt hingehalten wurden und der Schriftzug nicht gerade war. Als die Täter das zweite «s» des Wortes «Kuss» sprayten, musste sie irgendetwas gestört haben, denn der Buchstabe wurde nicht ganz fertig. – So mutmasste man.

***

War es der Wirtschaftsschüler Mäse, der Karin imponieren und der Schule mit dem Graffito ein Denkmal setzen wollte? Hatte Karin mit ihrem Flair für Schriften die leere Wand am Liftturm für ihre Kunst genutzt? Wollte Charlotte Reto Dürr so ihre Liebe beweisen? War es Reto Dürrs Rechtfertigung gegenüber der Welt für seinen Ausrutscher mit Charlotte? Hatte etwa der Hausvorstand den Wink des Rektors mit dem Graffito in die Tat umgesetzt? Oder war alles ganz anders? Die Putzfrau, Patrizia Rodriguez, die vielleicht Licht ins Dunkel hätte bringen können, musste Anfang November wegen eines Bandscheibenvorfalls in die Schulthess Klinik in Zürich eingeliefert und operiert werden. Nach der OP konnte sie nicht mehr als Putzfrau arbeiten und kehrte nach Portugal zurück.

Dank

Sowenig es möglich scheint, allein ein Graffito in luftiger Höhe zu sprayen, so unmöglich ist es, ein Buch ohne die Unterstützung von Familie, Freunden und Fachleuten zu schreiben.

An dieser Stelle danke ich ganz besonders meinen Erst-Lektoren Brinja Goltz und Heiko Stegmaier. Sie haben alle meine Texte kritisch geprüft und mir viele wertvolle Anregungen gegeben. Beide haben mich auch bei der Buchgestaltung mit Rat und Tat unterstützt. Monika Künzi danke ich für ihr professionelles Schlusslektorat. Mit ihrer langjährigen Erfahrung als Lektorin gab sie meinen Texten den letzten Schliff.

Mein Dank geht auch an alle, die mich bei den Recherchen für meine Geschichten unterstützt haben: die Medienstelle des Schweizerischen OL-Verbands sowie Rektoren, Prorektoren, Lehrer und das Sekretariat der Kantonsschule Zürcher Oberland.

Nicht zuletzt danke ich allen, die mich immer wieder auf meinem Weg des Schreibens ermutigen und unterstützen: meinen Eltern, meinen Schwestern, Freunden und Bekannten.

Ende

Zeitfracht Medien GmbH
Ferdinand-Jühlke-Straße 7
99095 Erfurt, Deutschland
produktsicherheit@kolibri360.de